夜幕下的沉思

张向峰　著

九州出版社
JIUZHOUPRESS

图书在版编目（CIP）数据

夜幕下的沉思 / 张向峰著 . -- 北京：九州出版社，
2023. 10

ISBN 978 - 7 - 5225 - 2560 - 0

Ⅰ.①夜… Ⅱ.①张… Ⅲ.①随笔—作品集—中国—
当代 Ⅳ.①I267.1

中国国家版本馆 CIP 数据核字（2024）第 033624 号

夜幕下的沉思

作　　者	张向峰　著
责任编辑	沧　桑
出版发行	九州出版社
地　　址	北京市西城区阜外大街甲 35 号（100037）
发行电话	（010）68992190/3/5/6
网　　址	www.jiuzhoupress.com
印　　刷	唐山才智印刷有限公司
开　　本	710 毫米×1000 毫米　16 开
印　　张	17.5
字　　数	314 千字
版　　次	2024 年 4 月第 1 版
印　　次	2024 年 4 月第 1 次印刷
书　　号	ISBN 978 - 7 - 5225 - 2560 - 0
定　　价	89.00 元

追 问

——张向峰《夜幕下的沉思》序

孟庆尧

"我是谁？我从何处来？我向何处去？"哲学家柏拉图曾提出过这样一个哲学命题。静下心来想想，茫茫世界古往今来各色人等，无论贤愚贵贱，潜意识里谁不为这个命题或深或浅地困惑着？读完张向峰的新书，我最先想到的是古希腊的这个老头。是的，张向峰是为柏拉图之问所困较深的一个，一部书稿，通篇都在追问这样三个问题。

"我是谁？"他是鲁北地区某农村的一个中年男子；他数十年担任村干部，也曾任过村委会主任；去过大企业打工，后从事木材贩运加工生意。他是父母之子、妻子之夫和子女之父。这是一段平淡的生活经历、一个平常的家庭角色，但他热爱读书写作，于家庭和社会角色之外，他知道世界的广阔。是沉溺于眼前的平庸，还是听从星辰大海的召唤？这一追问让他时时欣喜又时时感伤，他不停追问着自己，深恐在前行中迷失自己。

"我从何处来？"他从高中时代的美好理想和憧憬中走来，却在沿途现实的荆棘丛中蹒跚前行。他拥有这个时代农村上进中青年并不缺的小康生活，但他始终保持着对客观世界的一份疑虑、一份忧伤、一份牵挂。他在刻苦地经营着自己的生活，同时也在坚守理想，一刻也不愿意释怀。面对现实的暴风雨，他没有躲避，却在问自己："我究竟要顺着这流淌的雨水漂向何方？是否还能找回那个雨季的少年？是否还记得来时的路？"

"我向何处去？"磕磕绊绊一路走来，进入不惑之年，人生大致定型。面对得失，他在思考：是否一切真的值得用生命中的青春去付出？面对未来，他问自己：茫茫人海中，我在寻觅着什么？我在期待着什么？迷茫漫上心头，没有人能给他答案。回望初衷，检视来时路，他安慰自己：错过了大海我们有溪流相伴，错过了高山我们会在平原相见，错过了过去我们有未来期待。未来，或许藏着他所求的答案。

其实，有没有答案，对他并不重要。

笛卡尔说"我思故我在"，正如屈原老夫子的名篇《天问》一样，问题的意义不在答案而在对问题的追问本身。因为永不停顿的追问，张向峰像淤泥中抽芽的青莲，拥有了自己不同于他人的、丰富而饱满的精神世界。

2022 年 3 月 22 日

自 序

曾经不止一次梦想过自己要出一本书，这个愿望由来已久。

这对于原始学历只有高中的我来说，实属不易。索性，以时间为线串起自 2016—2021 年之间的生活感悟、日记随笔结集成册。几经修改，在良师益友的指导帮助下，今天终于迎来了出版发行。内心很是激动和高兴，更是心存感谢和感激之情。

书中内容多是些日常工作、生活之类的琐碎之事，且写作时间多为夜间。另外，书中也有散文、诗词或其他文体，大部分都是随感而发，并没有刻意修饰。

文中记录的五年是我人生的重要转折点，一是我在人生最低谷时期的言行、心态纪实；二是我破釜沉舟，背水一战，历经困难和挫折，终于迎来了希望，再次踏上了成功之路。

一个生活在农村的，自由职业者的日记随笔包含着农村广大劳动人民对美好生活的追求和向往，更是寄托着广大农村劳动人民希望祖国繁荣昌盛的爱国情怀。在记录生活轨迹的同时也承载着人生的起起伏伏，镌刻着岁月的春秋冬夏。

"天地万物，知行合一"，在浩瀚的宇宙中，我们当吸日月之精华，取万物之灵气，敬畏自然，珍惜生命；潜心学习，修身养性。则人生不虚度，年华不辜负。

因本人才疏学浅，书中难免有不当之处，敬请读者批评指正。如果读后有同感，或者文中有对您帮助之处，则笔者甚是欣慰。是为序！

2022 年 3 月 1 日

•••••• 目录

来自夜空的呼唤

今年的八月十五与往年有所不同，天空中月亮似乎不如往年亮。可能是天气的因素，也许是心里的变化，我登上了房顶，仔细的端详着她！此刻，她已爬上树梢，正在滋润着周围的天空。

与太阳相比，很少有人赞美月亮，殊不知她耐住寒冷与寂寞的精神令我们每个人都自愧不如！寂静的夜空下，我们会有更多的闲暇去思索、去感悟、去品味人生……月光下，我们可以与自己的心灵对话；我们可以与哲人共同探讨；可以与文人一边品茶一边颂诗。

这一刻静静地聆听来自夜空的呼唤，聆听来自大自然的诉说，聆听来自心灵深处的呐喊……

2016 年 9 月 15 日

医院随想

坐电梯的感想——在医院的这几天里，除了时刻牵挂老婆孩子外，接触最多的就是走廊里的两部电梯了。

每天不同的人来来往往，不论是来自何方，最终还是在电梯内相遇了！由下而上也好、自上而下也罢，只不过似日出日落周而复始。我想人生大抵如此，当你打开电梯门的那一刻，你不知道里面或外面是谁在乘坐或等待电梯，但这些并不因为你的不知而不存在，它是客观存在的事实。就像我们的生活一样，今天我们并不知道明天、后天甚至未来将发生什么，但它不会因为我们的不知而去改变。

万物皆有定律，我们能把握的只有今天的自己，好好珍惜现在也可以说珍惜今天所拥有的一切。天要下雨，斗转星移随它去吧！

2016 年 9 月 28 日

子夜的声音

　　每个人都渴望幸福，渴望真诚，当年过四十才发现：自己给予别人的太少而要求得到的太多。有时抱怨苍天，有时慨叹生不逢时，今晚我终于悟出了一个道理：没有什么是应该怎样。

　　唯有自己该如何去争取、去得到！不要留恋水中的月光，珍惜好眼前的一缕阳光即可。时光一却不复返，人生已过永不回，只有现在是我们能把握的，朋友。

　　一个人坐在书桌前，忘却一切烦恼与杂念，静静地听夜的声音……那深夜的寂静、那子时的虫鸣，还有那心灵深处的呼唤和黎明前的钟声……仿佛整个人也属于这寂静而又深沉的夜了！

2017 年 1 月 16 日

梦醒时分

时间如流水般逝去，青春似离箭般飞走，转眼一年又过去了！那曾经的山盟海誓、那许诺的地久天长，伴随着四十岁的远离，一切是那样的苍白而无力。

从书声琅琅的校园到无限遐想的社会，从梦想起航的企业到自主创业的家园，从曾经的辉煌无限到如今的从头来干……我像是做了一个好长好长的梦，梦中无数次哭喊、无数次惊醒！

曾几时，梦见自己捧着书本站在高校的门前；曾几时，梦到一个人背着包站在高山的顶端；又几时，梦到在急驰的列车上流览窗外风景；又几时，梦见自己在天空中自由自在的飞翔……

终于，梦醒了！如今，在奔五的开始，再次站到了人生拼搏的转折点。

2017 年 1 月 23 日

坦然面对每一天

　　夜幕降临了，马路上依稀还有汽车的急驰而过和行人的脚步匆匆。我倒上了一杯红酒，细细地品尝，酒中透着酸涩的气息，正如这生活什么味道都有。

　　假如，能有更多的金钱，我一定会抽更多的时间去读书、去写作。可是，今天我还在为了生活在奔波，在奋斗！等，是没有具体时间的，所以我不再去等到……不再奢望假如……我唯一能把握的是现在，是此刻。好好享受这美酒带来的酵香，好好珍惜和家人在一起的瞬间，去聆听电视中诗人的穿古越今……我没有酒肴也没有别人推杯，一个人在喝、一个人在品尝，有点孤芳自赏的感觉。

　　谁也不可能去选择苦难的一生，但谁也逃脱不了上天的安排。无论你是谁，不论来自哪，都会有定数！只有一点你可以做到，那就是用良好的心态坦然面对每一天，改变不了世界只能做好自己。

2017 年 2 月 3 日

零点遐想

此刻，快到零点了！我却毫无睡意，明明身心疲惫，却再也不想睡。想一个人静静，去享受一下这寂静的、深沉的夜带来的那片宁静！我望着窗外城市的灯光和那被黄色点缀的夜空，久久无语……

我呆呆地发愣，是啊！我有千言万语想说，可我究竟想说什么？又如何说得出来，此刻我只能用汹涌澎湃的内心去衬托这夜的静，好比是用伪装的笑容去迎合每一个人，我内心的痛，又有谁能体会？我的人生，又有几人能够读懂？我不相信海誓山盟，更不期望地老天荒，芸芸众生，我不过是沧海一粟，又怎能奢求太多……

但是，我终还是凡人，七情六欲、悲欢离合都伴着多情、多愁的我。累了，我也想歇会；困了，我也想睡会。也曾有"先天下之忧而忧，后天下之乐而乐"的胸怀；更是在小学便以"为中华之崛起而读书！"为志向。

然而，今天，我虽已到不惑之年，却全是疑惑。看不懂物欲横飞的世界，理不清金钱背后的感情，更困惑于人与人之间的真情。"不识庐山真面目，只缘身在此山中"，我乃凡人能超俗乎？我不知可知矣！有时想一个人走遍这大江南北，去与这山河共生息、与这日月同轮回。终究，还是无法舍离家中的儿女和年迈的父母！

因为，我已失去了做自己的机会，已不再是单纯为自己一个人而活着！这是多么可悲的一件事，明明是自己却也摆脱不了命运的安排，谁也无能为力。只是在一次一次欺骗自己，我用尽全身力气却发现还是不能找回我自己。

有时我会奔跑、有时我会大喊，更多时候我是在滴血的心痛中去伪装自己，去进行不情愿的交际！我有错吗？有，世人常说：凡事错在自己。可是，我真错了吗？我不过想做回我自己。夜，更深了！我的心，更沉了！在这个世界上有几人能读懂自己，又有谁能读懂一个平凡而又不甘平庸的知己？人间百味，品尝人生！

2017 年 2 月 16 日

梦中的自己

刚从外面回来，便迫不及待地拿起手机，忽然间想写点什么……

整天奔波在市场上，许久没有读书了，更别谈与自己的心灵对对话了！我甚至在怀疑我是不是还"活着"，没有了自己喜欢的音乐、没有了雨中散步的浪漫，也没有了花前月下的倾诉，更少了登山阅海的旅行……

忙碌中多了酒桌上的寒暄，多了见面时似真非假的微笑，多了柴米油盐的地铁生活……有时从梦中醒来眼中含着泪花，怀念孩提时代的天真可爱，向往学生时代的书生秀气，更多时候是追求曾经梦想的一切……

有时坐在那笑，笑中是无奈、是伤感、是心灵深处那不为人知的人生定位。是啊！出去都有人喊叔叔、叫伯伯了，却还像个孩子似的，看到自己喜欢的东西睡不着……

2017 年 2 月 17 日

重返校园

时隔多年重返校园，心中有无限的感慨！一切是那样的陌生，一切又是那样的熟悉。

近二十年了，离开了琅琅书声的校园，走向了一所没有围墙的大学。同学间洁白无瑕的友谊，就像在昨天，耳边依然荡漾着你追我跑的欢笑声……一切已经远去了，越来越远了……

当年那群穿着校服的少男少女，如今已经为人父母。孩子们今天又在重复着我们走过的路，不同的是我们是在泥土中长大，而他们是在高楼林立、雾气弥漫的城市中快乐地成长。

多年后的今天，再次捧起书本，已没有了当年的童真气息，有的只是被动的或功利性的过场而已。我不由叹了口气，在逝去的岁月中已无法找回曾经的自己……

2017 年 2 月 20 日

在路上

坐在急驰的客车上，窗外远处的风景像是有个人在等着你……一动不动，而眼前的风景像离箭似的，飞驰而去！

这一刻，我大脑中一片空白，什么都在想又什么都不想，任凭客车的摆布。车内热情洋溢的掌声，明明是听到了，却又静得仿佛听到针落地的声音……

车行驶了一站又一站，我的心也伴着它一直前行……好像目的地快到了，是吗？好像是，又不是。我醉了，竟不知归路！

2017 年 2 月 21 日

四十岁的男人

好久没有像此刻这样轻松了，回到家里看到五个多月的儿子，心中有无限的幸福感。

男人过了四十岁，就像太阳到了中午，有着太多的经历和无奈！纵然有万般激情，也难以达到自己此生事业的巅峰。脾气越来越小、改变越来越大，遇到不为人知的困难和挫折，不再逢人便说，而是一个人默默扛起一切，宁可独自流泪也不会让亲人一同受罪！

2017 年 3 月 5 日

写给妻子的一封信

亲爱的老婆：

你好！当你看到这封信的时候，时间已到了 2017 年 3 月 9 日，很遗憾没有在女人节这天给你买礼物，今夜月明风清，就把我的心声作为祝福送给你吧！

时光飞逝、日月如梭转眼我们相识已有十八年了，结婚也已十四年了，我们的女儿现在都成大姑娘了，儿子也正在可爱成长！这些是我们前世修来的福分，也是上苍对我们的恩赐！一直以来你默默地为这个家无私的付出，一个人带着孩子好不辛苦。你深深地爱着我，疼我，为了我你放弃了一切。这些我都看在眼里，也曾有过泪眼朦胧的感动。

但是我知道我爱你还不及你爱我的十分之一，为你做的就更少了，除了订婚时花五元钱买了双鞋和三年前的一条项链，几乎记不起任何礼物和鲜花……

一想到这些我就内心挣扎，有种酸痛！我的心目中，只是体会到了男人的不易，却忽略了作为女人的你的内心世界！有时真的好想抱抱你，任凭情感流淌在岁月的肩头！亲爱的老婆，当我在外面受了委屈或遇到了困难，多么希望能有你相伴，有你鼓励！

但是，为了不让你分心，不让你担忧，我选择了沉默，选择了一个人承受一切。有时在外面累了回到家一动也不想动，有时业务有不顺利心情很糟，一句话也不想说，更不会进厨房洗菜洗碗。

其实，不是不疼你而是我心情的过渡，请原谅这一切……俗话说："百年修的同船渡，千年修的共枕眠。"亲爱的老婆，如果有来世，我还希望做你的老公，去疼你、爱你、呵护你。因为我欠你的太多太多……此刻你已进入梦乡，女人节没有带给你礼物，以此信献给你——我深爱的妻子！

希望今夜你做一个美好的梦，过一个千金难换的女人节！

你的老公
2017 年 3 月 8 日

心中的梦

出来做市场好几天了，今晚突然很想家！竟不争气，眼泪流下来了。在家里没觉得怎么着，出门了却在想着家里的一草一木。

朋友告诉我，别在群里发些悲凉的话，可我真实的感情流露又如何能骗得了自己。在外人眼里我是非常幸福的，儿女双全，孩子成绩优异，妻子贤惠……我也在问自己到底想要什么？

有一天，我终于有了答案，我不过想拥有属于自己的天空，去追求心中的那个梦。虽然我没有很高的学历，但我依旧在文学的道路上前行；虽然我的生活有着无限风光，但我依然喜欢一个人背着包去远方旅行。

忽然有一天，我发现生命不再属于我自己，夜里经常从睡梦中惊醒，有时在考场、有时在寻找孩子、有时在与人争吵还有时在痛苦中挣扎……

我经常在想，是不是像歌手，有的悲伤、有的快乐，有的天真无邪。也许，是看三毛的书看多了吧，我像极了她。生活、感情还有那段让人悲伤而又难忘的经历。

这个世界，谁都可以欺骗，唯独骗不了自己。金钱，在文人的眼里是买笔墨的载体，无须太多，刚好足亦。我的伤感多半不是因为金钱，每周的收入养家有余。其始于那内心深处多余的欲望，有些事情是不必问的！但我终是凡人，并非圣贤，又无佛门心态，只能自尝苦果了。

每当夜晚来临的时候，心中竟有一丝的恐惧和忧虑。以前从来不害怕孤独，甚至喜欢一个人独处，但最近一段时间，每到人静夜深的时候心中总有种莫名的痛，让人坐立难安。我知道当一个人欲望太多时，心中就有无数的痛，只有自己看淡一些，才会尽快从人生低谷中走出来，找回曾经的自己！树欲静，而风不止；心欲静，而难安宁。

2017 年 3 月 18 日

这个雨天

早上醒来已是七点多了，好久没有睡得这么沉了！

推开阳台的窗，淅淅沥沥的小雨滴落在阳台外的墙面，有规律地响着。抬头向远处望去，有几棵年月已久的垂柳发出了嫩绿的新芽，竟也看不出它所经历的岁月沧桑。枝条在春风中飘摇，却也让人赞叹、欣赏它那低头、弯腰的勇气。旁边，有片杨树林棵棵高耸挺拔，像一个个立地顶天的男子汉，昂首挺胸环视着四周。它们虽未有垂柳的婀娜多姿，却亦让人产生敬畏之意。

我在想，是否设想垂柳象征着女人，在家默默辛苦的付出；而白杨则代表着男人，头顶烈日遍走万水千山，为了家庭的幸福和人生的追求而奋斗……

也许是吧！我轻轻地推开了门，小心翼翼地走了出来。此刻，妻子和儿子还在熟睡中，小手放在母亲的胸前，好不可爱。我没有打伞，径直出了门，这是我多年来的一个习惯。自高中开始，无论下多大的雨，我一个人时从不打伞，主动到雨中去接受上天的恩赐，让自己带有灰尘的身体和存有杂念的心灵得到净化和洗礼。

我喜欢下雨天，因为它不像阴天让人压抑、郁闷，而却像一个人有着巨大的压力和火气，一下子发泄、释放而出。像这样的雨天，漫步其中更别有一番浪漫意境，不过，也只有少数人能真正体会到雨天的快乐……

2017 年 3 月 24 日

幸福是什么

幸福是什么？什么是幸福？此时此刻躺在床上的我，深有体会。

感冒三天了，一直在发高烧，轻一点又厉害一点，真是折磨人。一个人躺在那，身边七个多月的儿子，在肆意地玩耍着。

看到这小家伙，我想到了自己的童年，想到了家乡的小河边、想到了儿时在田野里与蝴蝶为伴、与青蛙为友、与蝉共鸣的时光。

转眼间，三十多年过去了，那个光着屁股的小男孩，如今已为人父母。时光的飞逝，冲淡了岁月的年轮，却冲不走思乡的灵魂。每每想起儿时那些事，我的心总是停留在过去的岁月中。

今天，当我生病了躺在床上时才忽然发现，我的生活中缺少了一些东西，是什么？也没有记忆，只觉得似曾来过这里，像是又不完全是。当我躺在床上时，才懂得健康的身体比一切都重要，才体会到没有了它什么都是空谈。我在想着如何去锻炼、去运动，如何珍惜现在的拥有，这是我以前从未认真思考过的。

幸福是什么？我曾写过一篇文章来诠释幸福的定义，在我认为：幸福就是一种主观的感受，但它需要在特定的客观环境中体现，即你认为幸福的事或时刻，别人不一定有同感。再有，幸福是在特定时间段体现的，不能说永远幸福，但可以祝永远幸福！

有时失去了才知道去珍惜，错过了才懂得去理解，为什么不在拥有时好好把握呢？真正当事情发生在自己身上时，它也许不仅仅是一个故事，更像是一个悲剧……

朋友，你有认真感恩过身边的人吗？你有错过之后再去后悔吗？珍惜活着的每一天吧！花开自有花落时，人都有老的那一天，让我们珍惜今天，从此刻做起！

2017 年 5 月 3 日

初夏的清晨

初夏的清晨，微风拂面，虽有丝许凉意，但让人心情愉悦。沿着马路，一个人随意走着，心中很是放松。

看那身边的树枝上，两只小鸟在追逐着、戏闹着好不开心。仿佛这美好的世界全是它们的家园，一点也不恐惧。路边的杨柳不再是刚吐新叶时的羞涩，而是更显得成熟和美丽。花池中花儿也竞相绽放，争先恐后般让世人欣赏她们千姿百态的芳容。忽然间，我发现世界竟是如此的美丽，我的心情也随之豁然开朗，一下子好了许多！原来生活中的起起伏伏、心情的阴晴圆缺，都是在和自己过不去。

很欣赏一句话："风雨过后，自有彩虹！"我不再沉浸在过去的生活中，而是给了自己面对未来的信心。此刻，天空中太阳正冉冉升起，仿佛在向宇宙宣示：我回来了，我重新站起来了！让我的光和热，去照亮和温暖世界每一个角落；让我的执着，去感染和影响世界上每一个热爱阳光和生活的人吧！

我低下头拍了拍身上的柳絮，大声说：去自由地传播爱的使命吧！然后，抬起头大踏步向前走了出去……

2017 年 5 月 7 日

夜晚的千乘湖

高青有着悠久的历史文化，春秋战国时期就拥有千匹战车，隶属齐国。故有千乘之国美誉，而今千乘园来历也始于此。

今晚一个人来到了千乘湖公园，刚刚停下车，广场上就传来了动听的音乐声。许多的广场舞爱好者在音乐的旋律中尽情地展示自己的舞姿，甚是美丽！带给别人快乐的同时，他们也忘我地、尽情地迈着轻盈的步伐，去享受音乐的魅力和生活的乐趣！我没有停下脚步，继续向前走了去。三三两两的散步者，不时从身边走过，有说有笑，脚步匆匆或迟缓，充满着对生活的爱和热情。来到了交谊舞队前，与广场舞截然不同，舞者在展现舞姿的同时，彼此间虽无言语，但都有种默契，一种高尚的相互欣赏。

我也在音乐声中渐行渐远，来到了千乘湖边，借着公园的灯光和月光，放眼望去……哇，太美了！水面一片洁白，偶尔有鱼儿在水中戏闹，泛起点点水花。夜晚的水面几乎看不出水的流动，像一面大的镜子在月光的映衬下闪烁着银白色的光泽。

再向湖中央看去，除了有点微弱的光，就是朦胧的水面和夜空，让人遐想无限！湖的对面是各式各样的树和无数盏夜灯，让人有种陶醉和向往的感觉，也许正应了那句话："男人的故乡是那些他从未到过的地方"。

远处的风景也许很美，但离我却是那么遥远，想要欣赏只有用心，如果向往得到，将会付出想象不到的代价，故一笑而过才对。我的脚步慢了下来，一边欣赏着这大自然的夜，一边想着心事。

这些日子以来，经历了太多的无奈、有着太多的委屈和无形的压力。想要放弃却难以割舍，想要继续无奈心已承受不了太多的伤害和误解。我在想，人与人之间，特别是亲人之间为什么有着那么多的不理解？是社会的步伐太快，让他们无暇好好静下心来倾吐各自心声，还是因为彼此间少了信任和交流，我无从说起。只是随着脚步和水面的栅栏继续在欣赏着，思索着……

公园里热闹依旧，我却一个人再也融入不到那氛围中去了。此时，我甚至有种面对这美好的夜景有种莫名的孤独感和恐惧感！也许是心累了，也许是梦醒了，也许是……

2017 年 5 月 10 日

献给天堂的母亲

　　明天就是母亲节了！当写出这句话的时候，泪水已浸湿了我的双眼。我的母亲是 2008 年走的，那一年中国发生了两件记载史册的大事，一是震惊世界的 5·12 汶川大地震；一是中国承办了全球夏季奥林匹克运动会。

　　如今，九年过去了，母亲躺在病床上的那些日子，历历在目。在别人都为自己的妈妈准备礼物、庆祝节日时，我却只能一个人躺在医院里与她老人家穿越时空对话。这是天地之间的真情倾诉，是活着的人对逝去人的思念，是一个儿子对亲情的渴望和无奈……

　　这些日子以来我一个人在医院，"无人与我立黄昏，无人问我粥可温"。对于疾病我没有丝毫的恐惧，我只是害怕孤独、害怕一个人睡着时输液瓶内空无一滴的情形发生。

　　此时此刻，我更加思念我的母亲，想起了小时候在娘的怀里，那种温暖和安全。可是现在，我再去哪里去寻找那无私的爱，那如大海般深而宽广的爱……

　　有句话很好，当你在困难的时候你就会知道谁是你真正的朋友；当你生病的时候，你就会知道你在谁心里最重要。

　　雪中送炭，远比锦上添花更让人感动。当我孤独时，除了最爱的人就是想念母亲了。这种爱无可代替，是无私的爱、伟大的爱。我记忆的深处是母亲善良的天性，是为人处世的低调和友好，是生病后对子女的牵挂和教导。

　　如今，她永远地去了，去了那个没有痛苦和劳累的地方！母亲节到了，我没有礼物送给她，只是一个人望着她去的方向，静静地注视着、注视着……

　　我没有哭，没有喊，但我的内心深处那份思念像大海的波浪汹涌澎湃，像倾天的雷鸣响彻天地之间。娘，我的母亲，儿的呐喊声，您听到了吗？我想您了……

2017 年 5 月 13 日

人生的历程

夜幕渐渐降临了，原来清晰的世界渐渐模糊了……

望着窗外渐深的夜晚，我的眼睛湿润了。远处的灯光丝毫没有赶走我心中的孤寂和思念。想了很多，一路走来并不容易，渴望在迷茫的人生十字路口，一双有力的手拉我一把。让我不至于在人生改转弯时，走错了方向。

风风雨雨，有过泪水也有过笑声，更多时候则是一个人在追求梦与理想的路上。遇到了一段又一段的风景，上了车又下车，下了车又上车。如此，一站又一站直到中年……

有些事虽不刻骨铭心但却也终生难忘，有些人虽仅有一面之缘，却也永远留在心里。茫茫人海中，我在寻觅着什么？我在期待着什么？

也许，连我自己也说不清楚。就这样，一路走着一路欣赏，终会有一天，当我们老了！但那一路的人生历程还在，那心中的驿站依旧！

2017 年 5 月 15 日

一切就是最好的安排

坐在行驶的车上，看着窗外帘珠般的雨滴，心中有种说不出的滋味。老实说，我还是很喜欢这种雨蒙蒙的天气，一来一扫近日的炎热，二来坐在车上欣赏着这车窗外绿色的海洋，夹杂着雨点声。绿借水饰，水润万物，不正是和谐大统，万物归一吗？

车子在不停地行驶，就似人生一步步前行。有的路有些泥泞，有的时候有点起伏；但更多时间则平平坦坦，像人生总有些坎坎坷坷，似生活不总一帆风顺。

其实，一切都是最好的安排，存在的就是合理的（这里的合理是从自然发展的角度来讲的天理）。昨天你是谁、你做过什么，取得过什么成绩并不重要，重要的是你是否能在这个浮躁的社会中，静下心来规划人生，找准自己的社会定位。

从政也好、经商也罢，你可曾问过自己，这些年我们过得好吗？可曾对得起自己的良心……做什么并不重要，重要的是我们的一生要用心去做，努力了、拼搏了，纵有汗水和泪水也绝无遗憾！

2017 年 7 月 17 日

你若安好，便是晴天

阴雨缠绵的日子，空气湿度虽大，但也会令人陶醉。抬头望去，天空中一片迷茫，如雾里看花一般。枝头的树叶随着微风轻轻摆动，像是在向人示意：天要凉了。

偶尔，有几只燕子从头顶飞过，似在窃窃私语又像是追逐戏逗，颇有点意思。我的心情却似这阴雨缠绵的日子，重重心事，思絮万千。

一路走来，有过成功亦有失败；有过汗水也夹饱含着泪水；有时微笑掩饰了心中的惆怅，有时呐喊却心有余而力不足。就这样，一步一步走着，走着。经历了太多事，看清了太多的人，悟透了些许人生的哲理……

终于，在今天，我彻底醒悟了！原来一切的一切，根源在自己。于是我对自己说："你若安好，便是晴天！"人生匆忙，不过几十载，在我们不惑之年，放下过去的一切，从今天开始活出新的自我。

在这个世界上没有跨越不了的高山，更没有过不了的坎坷，多数时候是我们自己背负了太多东西而没有放弃的勇气。当你敢于放下你心中自认为比生命更重要的东西时，就会因舍而得！

很多时候我们会抱怨命运的不公平，却忽略了主观的臆断。无论什么时候，好好珍惜拥有的一切，好好把握眼前的机会，简简单单的生活，踏踏实实地做人，属于你的迟早会到来。

再抬头，我发现天比刚刚亮了，仿佛看到了太阳公公在向大地挥手致意……于是，我更坚信了那句话："你若安好，便是晴天！"

2017 年 7 月 30 日

悟

后天就是儿子的生日了，心中有无限感慨和无奈……自己还有许许多多的梦想，像个孩子一样憧憬着未来。

可转眼间女儿已长大，儿子也咿呀学语了，一切是那样让我倍感幸福；一切又是这样令我措手不及，自己还未开始一切仿佛就要消失在岁月的长河中了……

儿时的一幕幕展现在我的眼前，从光着屁股到小学时的放牛娃；从天真的少先队员到初中毕业时的混混少年；从上高中时的多愁善感到大学毕业时的打工仔；从车间的工人到从商至现在！

一路走来并不容易，但在记忆中仍留存着许多美好的回忆，让我在夜深人静时一个人在记忆的长河中游荡。如今，已为人夫为人父，身上多了些许责任，心中有了无限期盼，与其说为了家庭倒不如说为了自己那颗有着梦想的心……

2017 年 8 月 11 日

小燕子

前几天在去济南的路上，偶遇了几只小燕子。低湿阴沉的天气，她们在空中低飞，向人们预告雨天的到来！

那一刻，心不由一颤，童年的一幕幕又展现在了眼前……无忧无虑的那个年代，曾经的我们光着屁股满村遍野地玩耍。那时大街小巷甚至自家院子里，到处是小燕子的身影。它们也和我们做朋友，住在我们的房间内，甚至跑到我们的饭桌旁。

三十多年过去了，我们都已为人父母，我们的孩子也开始了童年……可是那首让我们熟悉的儿歌："小燕子穿花衣，年年春天来这里，这里的春天最美丽……"在孩子们身上渐渐淡了。因为来这里做客的小燕子越来越少了，高楼大厦的林立让它们再也寻找不到栖息的巢穴，原先低矮的草房渐渐淡出了我们的生活，它们再也不会飞到我们的家里做客了！

想到这里，我不由得泪水夺眶而出，我们这一代70后担负着城乡一体化建设的重任，经历了农村的童年生活；如今，历史的发展再次把我们这一代人推到了捍卫碧水蓝天，还原大自然本来面貌的重要接口。我们再也不能以牺牲环境为代价去换来经济的发展了！"发展才是硬道理"这句话，是在特定的历史时期提出的，它已实现了它的历史价值，完成了它的光荣使命。

2017 年 8 月 30 日

茫茫人生，我有何求

连日的奔波劳累，让疲惫的心难以平静下来。在夜深人静的时候，一个人躺在沙发上闭上眼睛，让一切一闪而过……

走过一段路程之后，渐渐地看清了许多人，明白了许多事。我是一个简单的人，没有很深的套路，为人比较实在，脾气又不好，所以很容易得罪一部分人。然而，简单的生活让我厌倦了尔虞我诈的交往，真的累了！所以我想离远一点找一片属于自己的天空，去看那空中的浮云，美丽而又高端……

人生本来一无所有，来时赤身裸体，走时两手空空，所以名利地位皆要看轻。茫茫人生，我有何求？又想起了那句话："天下熙熙，皆为利来；天下攘攘，皆为利往。"更懂了"人心隔肚皮，做事两不知"及"害人之心不可有，防人之心不可无"的谏言。

是呀！这大抵是人的本性，但做事要对得起良心……否则，夜里怎会睡得安心？今夜，我终于能安心睡下了，因为我无愧于自己的良心……

2017 年 9 月 10 日

中秋随笔

又是一年秋冬日，中秋佳节月圆时。午后，冲一壶山泉之水，恬饮于闲暇之余，好不欣喜。

今日中秋，乃团圆之日，举国同庆，国运昌盛，民富安康。因创业之初，我提前一日便回家看望了父亲。虽然空空两手，却也是心情不错，带着刚满周岁的儿子和长其一旬的女儿。

父亲见了就在旁边不停地笑，让我不由想起十七年前我写的那篇文章《有感于常回家看看》，当时发表在山东人民广播电台。

那时，我还是个学生，虽有所悟却疏于生活。如今，已为人父母方才体会到父母的不易。这些年一路走来，经历了太多，直到二〇〇八年母亲去世，我还一直像个孩子，总长不大。

随着年龄增长，我渐渐明白了：在这个世界上真正对我们好的人很多，但却难与父母之爱相比。父爱如山，母爱似海，只有做了父母才会深有体会。

今日中秋，却因事业未能陪同老人，心略有感伤，却也无奈。久未动笔，字里行间颇有生感，再者身体不适，停停写写，属随笔一则。

2017 年 10 月 4 日

赏 月

轻轻地，我推开了房门，走到了窗边。慢慢地，我拉开了窗帘，关上了室内的灯光。一轮明月映入了我的眼帘，虽有朵朵白云相衬，月光还是洒满了整个房间。

我一个人，抬头独自欣赏着这个别样的中秋之月。而步伐轻盈，却无少女的羞涩，到处散发着中秋的味道，宛如丰满的少妇，令人神魂颠倒，好不向往。月光时明时淡，像古代的女子戴着面纱，半遮着面部，让人望眼欲穿，浮想联翩。

我未戴眼镜，更喜欢这种朦胧的感觉，时隐时现，令人陶醉其中。虽无美酒助兴，却有铁观音陪伴，飘着淡淡的清香，慢慢饮来，颇有诗意。有道是，茶不醉人，人自醉。

一杯清茶过后，月上枝头，阳台之上竟有些与她擦肩而过的感觉。渐渐地，月亮升高了，有种壮志凌云的感觉。我端起茶杯，又品尝着这沁人的茶香，吮吸着家乡的气息，独揽这中秋的明月不由思绪万千……

一首古诗"举头望明月，低头思故乡"，道出了千万游子在异国他乡的思念故土之情。更有"海上生明月，天涯共此时"的佳句，把整个中华儿女心紧紧连在了一起。

于是，便不难理解"一带一路"的伟大构想，与同丝绸之路异曲同工，由古老的中华民族向西方延伸，堪比与日月同辉，自东向西，经久不息……

此刻，夜渐渐静了下来，窗外不再是万家灯火。忙碌了一天的人们，此刻有的已进入了梦乡，但那空中的明月依旧挂在天空，照亮着华夏大地。月光如水般清澈，透着清冷的气息，温暖着每个家庭。有人问我，你是喜欢太阳还是月亮，我毫不犹豫地回答：月亮。他不解地问道：太阳滋生了万物，积极的人像太阳；月亮只有夜里出来，带给人们的是黑暗，初一、十五各不相同，你为何偏偏喜欢它。我淡淡一笑，他哪能读懂月的黑暗与光明？

自古至今，文人墨客多是饮酒赋诗，寄托思念与真情于月亮身上。"千山鸟飞绝，万径人踪灭。孤舟蓑笠翁，独钓寒江雪。"是一种人生的境界。这高挂夜空的明月，虽冷清孤傲，却也有莲出淤泥而不染的清廉正气。更有，牺牲自己，造福人类的精神。

　　不久的将来，我们或许是嫦娥，飞奔月球，遍行宇宙。试问，我有何理由拒绝它呢？今夜，在这皎洁的月光下，在中秋节的深夜，我静静地欣赏着这月圆时的美景，心中有着别样的意境……今年的中秋，创业屹始，明年的中秋，希望霸业能成！

2017 年中秋之夜于高青

做一个好父亲

坐在行知楼五楼的教室里，心情特别的复杂。赫俊锋，高青双语学校的心理老师，正在台上给上百位初二学生的家长，上一堂心理教育课《做一个好父亲》。

台下的家长，多数都在专心致志的听讲座，而我却再也难以平静下来。多年来，说心里话：亏欠孩子的太多了……

就在刚刚进入教室前，我还像个孩子一样在幻想着儿时的梦想，从未觉得自己已经真正长大。可是，今天到了我四十二岁的临界点，忽然觉得自己需要做的事太多了。我还未来得及去享受青春的时光，转眼间却老了。竟有些手足无措，仿佛做了个长长的梦。突然间，梦醒了，我也醒了。

是呀！忙来忙去，是为了什么？金钱、地位，名利、享受，是又不尽是，还有就是我们忽略的"责任"。人生一世，真属不易，尤其是男人。其实"女人心中装的是家庭，男人心中盛的是天下"。"好男儿志在四方"，而今的我连自己的妻儿都不能足以让他们幸福、快乐，何谈"天下"？古人曾有言"齐家，治国，平天下"，已过不惑之年，未曾"齐家"，心愧不已！

说到孩子，以前一直以为只要给孩子创造一个舒适、安全，美丽的学习生活环境，心就宽慰了。今天看来，是我们错了。我的女儿从五周岁就上私立学校，基础知识非常扎实，学习成绩一直名列前茅。我一直引以为傲，引以为豪，我觉得自己这么多年来的付出，没有白费，终于有了回报。

然而，自孩子上了初中，我一直高兴不起来甚至有些担忧。因为每次去接她，她很少喊声"爸爸"，夜深人静时我一个人泪水禁不住流出。为什么？我曾无数次寻找原因，今天我终于有了答案，因为我陪孩子的时间太少了，一周接一次，一次在家除了休息不足两个小时，父女间的交流太少了……

这也许，是许多人也存在的问题吧。孩子这次在全县的排名在二十多名，但我宁愿她有一个温暖的家，一个天天关心陪着她的父亲，也不要她单纯的学习成绩。这是我很久以来的一个发自内心的真实想法，"做一个好父亲"从我做起，从现在做起，从此刻做起……

2017 年 11 月 24 日

记忆中的那片柳树林

早上起得很早，开车来到了老家。几年前种的一些直柳，因林地规划需要给伐了。一直忙于村里工作，没来得及收拾。今天闲暇，去坡里干了一上午。

虽已进入冬月，由于干活的缘故，身上竟也出了许多汗。望着这些被伐倒的小树，我又想起了小时候的村庄。随着耳旁的风声，我的记忆中残存的情景带我回到了三十多年前……

那时的家乡，每到冬天，小河边就结了冰，天气非常寒冷。湾里、沟里全是小伙伴的身影，尤其是到了这个时候，我们三五成群，去到村旁的柳树林开始冬季的抢柴运动。那时由于农村生活水平较低，没有多余的钱买煤，所以干柳树枝就成了冬天人们过冬取暖的好东西。我们每人截一块六七十厘米左右的湿的木棒，然后抛向那些大柳树。

记忆中，除了柳树便是榆、槐之类，杨树很少。据老人讲，柳树枝烧出来的水非常好喝，如果泡茶更是沁香入口，饮之顿感心情舒畅。如果用来做饭，更是好吃！所以，那时多数去打柳树干枝。冬天的柳树林，东北风呼呼作响，偶尔会刮断一些树枝，我们便抢了上去。柳树林的旁边，有一个大湾，这是我们夏天游泳、捉鱼的聚宝盆。冬天水面结了厚厚的冰，打树枝的木棒一不小心飞到了上面，一溜烟便不见了踪影。

一想到这些，我竟泪如雨下，像是在昨天又似在梦中，转眼三十多年过去了。那记忆中的柳树林已荡然无存，昔日的聚宝盆上面也多了些房屋建筑；冬天的风虽呼呼作响，却再也听不到风吹断柳枝的声音，也寻觅不到那些在冰上的小伙伴……傍晚时分，那炊烟袅袅的小村庄，如今已无迹可寻……

2017 年 12 月 8 日

我的二零一八

坐在书桌旁，两杯酒下肚，抑制不住内心的激动，终于勇敢地写了出来。2017 年马上过去了，回想这一年来的点点滴滴泪水浸湿了眼眶，心久久不能平静。

像每个人一样，年初我也许下了美好的愿望，期待着有一个圆满的结果。为了这个梦想，我努力过、拼搏过，失败过也成功过；为了这个梦想，我放弃过、徘徊过，选择过也实践过！不是我不曾努力，只是我的欲望太重，我的包袱太沉，以至于到了年底失望甚多，但是，这些日子以来，我冷静了许多，成熟了许多。鞋穿在脚上，舒不舒服只有自己知道，日子难不难过，别人怎能晓得。

在人生的不惑之年后，我觉得自己成熟了许多。再不会无怨无故发脾气，也不会整天唉声叹气，更不会去责怪命运的不公平。因为，活着本身就是一种幸运，我们的人生路还很长很长……

错过了大海我们有溪流相伴，错过了高山我们会在平原相见，错过了过去我们有未来期待……人生恰似一列正在行驶的列车，途中经历了一站又一站，有的人下去了又有人上来了。一站站一年年，直到列车的终点。

无论我们贫穷还是富有，不论我们年长还是年幼；无论我们平凡还是伟大，不论我们失败还是成功，有一点我们都一样，那就是：曾经我们都有梦想，为了梦想也都努力奋斗过。过了今天，昨天就是历史；过了今年，去年就变成书籍。不变的是我们那颗善良、纯朴而又永不放弃的心！成功与失败只是一种结果，为了心中的理想而坚持不懈的奋斗历程更值得世人尊重。

有时，人们往往更关注物质和金钱的多少，而很少去在意精神世界的伟大、信念的永恒。谁都没有错，因为世界观不同、人生观不同；谁都无法真正与他人对比，因为每个人都是最好的自己，不在同一起跑线更不在人生的同一高度。不要与别人盲目攀比，记住：要做最好的自己。

一杯水，普通人看到的是水，智慧的人看到的是生命；商人看到的是机会，而文人则思考的是历史……其实，可以说对它而言它就是一杯水，一杯生命之水，晶莹透彻、生机勃勃，孕育了世界也诠释了宇宙。如果浩瀚的宇宙是大海，那么我们就是大海中的一滴水，水滴多了便汇聚成河。些许的水滴便能激起朵朵浪花，恰似我们的人生起起伏伏、坎坎坷坷……

2017 年 12 月 19 日

夜

　　马路上的车辆少了，透过窗户依俙看见对面高中的钟表屹立在学校的上空。远处的灯光衬着这寂静而又寒冷的夜，让人产生了无限遐想……

　　我站在窗前许久许久。心里像有什么话要说，可我又能说些什么呢？随着时光一点点逝去，岁月留下了一轮轮的痕迹，有些东西已深深刻在心中永远磨灭不去。好想再次回到青春时代，无忧无虑在大自然的怀抱中，自由自在地玩耍；去高山之上尽抒豪迈之情，于江河小溪中洗净身上的一路灰尘。

　　如今，在走遍大江南北之后，那份思乡之情日渐浓烈。想起了儿时的一幕一幕：春天，折一枝柳条吹哨，满村遍野都是一群连喊带叫的孩子；夏天，村里的小河中遍是光着屁股的小黑蛋；秋天，树林里的落叶成了我们用来喂养引火的宝贝；冬天，冰上一双双冻得发紫的小手在冰面上寻找小鱼的游迹。一年四季，到处是我们的世界；春夏秋冬，到处有我们的身影……

　　先哲有言"树高千尺，叶落归根"，如今我生活了四十多年的这片故土，随着社会的进步发展要启用新名了！小村的古迹已荡然无存，许多的记忆已成了历史，我在回忆着那仿佛昨天的情景，竟不自觉地流下了眼泪。

　　也许，到了儿子长大成人已经没有了村庄的概念，更不会有些许的留恋吧，也许是吧，也许……夜，在不经意间更深了。我倒了杯茶，再慢慢品尝着这人生的百般味道，去期待着那美好的未来！

2017 年 12 月 23 日

下雪了

夜里，天空中飘着零星小雪，为这个有些温暖的冬天增添了些许凉意。清晨，车子上隐约看到降雪的痕迹，像是过去的生活中留下的点点滴滴，留在心中……

我顿了下，猛然启动了发动机，车内透着刺骨的凉气，从手凉到了脚。静了片刻，我依然迎风开了过去，虽然我不知前方的道路是否泥泞，但是那颗拼搏进取的心依然激励着我。

一路的红绿灯，走走停停，恰似这么多年我们的生活经历，起起伏伏。有时到了该转弯的地方，我们必须放下一切去转变，不要执意一条路跑到黑，那样的生活将会付出惨痛的代价……

2018 年 1 月 7 日

矿井下的矿工

夜渐渐地深了，马路上依稀还有过往车辆的急驰声。我坐在火炉旁边，借着火的光亮，静静地发呆。我仔细地端详着炉中的焦炭，不觉心中一阵感激之情。

宇宙就是这样神奇，在多少亿万年前就为我们备好了今天取暖的物品，仿佛它早就知道有一天人类的诞生一样。虽然，今天由于环境保护的原因与我们生活了多年的煤炭有可能被新的燃料取代，但它对人类的贡献功不可没。

那些为了生计日日夜夜在矿井下工作的矿工，在我的心中他们比任何一种职业都要尊贵，因为他们牺牲了自己的光明而照亮了别人，牺牲了小家而温暖了大家。多数时候多数人往往羡慕空姐与服务生的帅气与漂亮，惊叹空姐的天一样高的收入，却很少有人问津和同情一个矿工冒着生命危险换来的工资。诚然，从哲学的角度讲存在的就是合理的，但当我们在严寒的冬天躲在温室中喝茶聊天时，当我们在天寒地冻的季节中穿着短衣悠然自得时，书桌前的您是否想过那些夜以继日在井下冒着生命危险作业的矿工？

我一直在思索这个问题，也一直在纠结这个问题。难道，天与地就是这样区分的吗？也许是吧，谁知道呢？

2018 年 1 月 12 日

望岳村欢迎您

——读《塘约道路》有感

一口气看完了王宏甲先生所著《塘约道路》，内心汹涌澎湃久久不能平静。文章主要描述了贵州省安顺市一个叫塘约的村庄。这是前几年"榜上有名"的贫困村，在一贫如洗的废墟上通过在党支部书记左文学（小名二牛）的带领下转变思路，变单打独斗为集体统一经营，成立新型农业合作社，以确权土地投资入股方式克服重重困难。在确保土地集体所有制的基础上，集思广益，融汇变通，在短短几年时间内使这个偏僻山村年集体收入超过几百万。

这一方面与党的正确领导和农村面临的新机遇是分不开的，另一方面也与村两委班子和谐的拼搏和付出是分不开的。塘约道路是新形势下党和政府与人民群众心连心，肩并肩建设社会主义现代化的体现，更是时代的要求历史的呼唤。"一个好社会，不是有多少富豪，而是没有穷人"。这句话是多么经典！

在刚刚结束的村两委换届中，相信每个人都抱着一种俯首甘为孺子牛的为人民服务的精神而去参加竞选的。每位基层工作者都没有任何理由去亵渎这份工作，农村工作虽然辛苦但它更是我党和政府今后乃至长期的工作重点。它关系到国家的利益，民族的安危。这是每位农村干部需要认清并为之奋斗的历史使命。

作为一名年轻党员和在村两委有着十几年工作经历的干部，在村民的信任和支持下我当选了高青县黑里寨镇望岳村的村民委员会主任。这是合村后的第一届班子，也是编织望岳新村美好未来的开始。望岳村地处246省道旁边，是黑里寨镇东大门。南行六公里到小清河，三十公里到达青银高速；北行十七公里到达黄河，是去北京天津必经之地。人口约八百人，系原黑里寨冶张村和原黑里寨戴庙村两个自然村合并而成。支柱产业原冶张村的木材收购和戴庙村的蔬菜大棚较出名，近年来在镇及县政府的支持下开始向绿色无公害蔬菜等新型农业产业迈进。新一届村两委班子在代常虹书记的带领下也规划了新村的宏伟蓝图，期待着在镇、县两级政府的大力帮助和支持下能为望岳村的发展注入新鲜血液，为全体村民的利益全力以赴。把望岳村建成和谐、美丽、富裕，文明的新农村。也希望社会各界人士前来望岳村考察、投资，我们会尽最大努力为您提供服务。新村共有土地约一千五百亩，质地优良种植方便，亦有多处闲置宅基地可供建设绿色无污染车间厂房，中型农产品服务加工厂。现有中型企业三家，解决了部分就业问题，期待着环保型企业入驻。更寻有志之士加入土地流转共谋大业。希望读到此文的朋友多多转发本文章，为农村美丽乡村建设尽绵薄之力。

精准扶贫，有效脱贫是我们这一届农村两委班子的工作重点，建设新型农村美丽乡村不仅要在面上做工程更重要的是落到实处，能够惠及于民，普及于民。让老百姓真实感受到像治理环境污染同样的成果，自觉的无功利性的为村集体发展献计、献策，出工、出力。如此，我们村两委班子有了广大人民群众的拥护、有了党和政府的关怀和支持，建设新农村的大业就迈出了坚实的第一步。在此，我也代表望岳村全体村民欢迎您的到来，欢迎您来黑里寨坐客，欢迎您来望岳村投资。

2018 年 2 月 1 日

树

今天是植树节，记忆中每年的今天我总会亲手种下一棵树。然而今天，正值植树的日子，我却没有拿起铁锹……

这么多年了，对树木我有着深厚的感情。小时候去树林里寻找快乐的童年；上学了在树林里鸟语花香的意境中捧起一本三毛的作品久久不肯离去；毕业了一个人漫步在林间小路上……结婚后，没想到我成了专业的伐木者，十几年来我采伐的树林不计其数，成了名副其实的"光头强"。

后来我一直在从事卖树苗的生意，因为我知道自己需要积点德，否则会受到良心的谴责得不到安宁。人们平时只是把树木当作树，但其实树是有生命的，是有灵性的。"十年树木，百年树人"，每一棵树同人一样都有一个传奇的故事。松柏坚韧而又耐严寒，与风雪争斗尽显其傲骨；白杨挺拔而清脆堪比仁人志士；绿柳婀娜多姿似仙女下凡，如此等等，各具其态各有所长。人类"钻木取火"，用树叶遮挡，均是得益于树的帮助。它们虽不会说话，但亦有其语言和性别之分。古有大臣难辨树之公母，后有老农释之解之。今天，人类在历经文明之后对青山绿水有了空前的渴望。

"桃李不言，下自成蹊"，每一棵树都值得我们去尊敬，每一棵树都值得我们去聆听。它们有高山的巍峨，有大海的宽广，也有溪流的绵软。它们养育了人类，它们平衡了地球上所有的生命。是它们一年四季与日月同辉，与风霜雪雨相伴；是它们默默无闻牺牲了自己，造福了人类。

是啊！与树木相比，我们是多么的苍白；与树木相比，我们是多么的渺小；与树木相比我们的生命是多么的脆弱；与树木相比我们的学识是那样的浅露。经历了风风雨雨，我才悟懂了什么叫千锤百炼，因为那些饱经沧桑的树又发出了新芽，原来是春天来了！这年的植树节我没有亲手种下一棵树，但在我心里已是千树万树，在心田我种下了一棵幸福的树……

2018 年 3 月 12 日

工作的琐事

一连好些日子了，一直奔波在村里和回村里的路上。有些时候觉得回家的路很近，仿佛就在眼前；又有些时候觉得回家的路很远很远，我一直在回家的路上……

这些天我一直在村里的施工现场，当挖掘机起起落落时，那颗炙热的心在起落声中荡漾。多少年了，那个曾经的青春梦想在今天终于正式起航了，虽然它迟来了很久，但我依然很珍惜。也许，对于许多人来讲在基层工作算不了什么，可是对我来说已是弥足珍贵。

我常常在想：来到这个世界，我到底要做些什么？我要去往何处？是浪迹天涯还是坚守在家？是平平淡淡还是勇于追求自己的梦想？到了这个年龄这种感觉愈加强烈，我常常一个人在深夜去思考这个问题，去寻找一下来时的路和未来的归宿。

其实，每个人都有自己的故事，都有自己的梦想。只是随着平淡的生活和现实的无奈，我们逐渐淡化了理想，任凭自己随波逐流。那些激情的浪花也伴着大海的平静消失殆尽，永远地留在了人生的回忆中。有多少人奔波在追求幸福和梦想的旅途中，又有多少人中途停了下来。

我经常把人生比作一辆正在行驶的列车，当汽笛声响起的时候，所有人一起出发了。途中的每一站都会有人下车，也会有人上车，下下上上如此而已。这中间会有少数人一直在默默地坐着，直到列车的终点。那些上上下下者对他们来说非常的平淡，丝毫不会影响到他们的热情，因为他们知道从哪儿来要去往哪里。

我曾经在列车中途停车的一刻，打开了窗，在即将站起的那一瞬间我止住了脚步。我在想，虽然我身在农村，但我有颗热爱这片土地的心，那是一种儿子对母亲的爱，是一种流淌在祖祖辈辈血液的爱，随着年龄的增长感觉也日益强烈。于是，我又转身坐了下来，去等待着下一站的到来。在这个复杂而又现实的社会面前，我也开始了人生中的又一次学习。我遇到了很多人，碰到了很多事，让我深有感触的是人与人之间的感情淡了，是什么导致了这样的结果？一时我竟也迷茫了，其实每个人也许常常也有同样的感觉，只是不愿说出而已。

我常常告诉自己，找准自己的社会定位，趁着年轻多做些事，做些有益的事，做些有利于人民的事。

在棋盘上我充其量不过一小卒而已，但我知道在恰当的时候，我会冲到河对岸，一直走下去……因为曾经的我是为了梦想而奋斗，是为了自己的选择而努力。也许，有人能读懂我；也许，有人能理解我；也许，有人能与我一路同行；也许我还是一个人孤独终老。

这些都不重要了，重要的是我一直在追求理想的路上。从儿时到学生时代，从学生时代直到现在。虽然途中有困难也有挫折，但不经历风雨怎会见得到彩虹？很欣赏这句话："长风破浪会有时，直挂云帆济沧海！"就让这含义深刻的话作为结束语吧，夜更深了……

2018 年 3 月 18 日

生活随笔

　　这些日子忙于工作和一些琐事，很久没有动笔了。忙碌的日子里虽然辛苦和劳累却也充实了许多，有些时候拖着疲惫的身体倒头便睡着了。

　　在这些天中，许多的工作都是具有实际的意义，虽然牺牲了时间却能换来有利于村里的事，心中也不觉得累而是乐于此中。我不知道是否多数人都在闲暇之余，去思考人生去不断问自己，是否还记得来时的路。我一直朝着一生的一个目标在努力、在拼搏、在奋斗，从来没有改变过。只是到了为人父母才体会到人生的不易，也终于明白含着泪水的微笑和滴着汗水的坚持。

　　曾经有段时间我写的文章很悲观，很凄凉，有好友不断询问原因，更是不断鼓励我，让我很是感动。然而，人静夜深时这一路走来的路程历历在目，让我在如看电影般的回忆中更清醒地读懂了生活的点点滴滴，明白了活着的不容易。

　　其实，来到这个世界，从哇哇的哭声开始，就注定了我们每个人不仅仅是一个体而是也属于社会。每个人都有自己的使命，都有千姿百态的生活方式，只是人生观价值观不同。当天微微亮时人们便开始了一天的生活，当夜幕降临时便又在睡梦中度过这美好的夜晚，如此一天天一月月一年年……

2018 年 4 月 14 日

春末的雨

　　一场春末夏初的中雨在悄无声息的夜里降临了，熟睡中的人们正在甜蜜的梦中。当黎明到来时，整个世界已是一片绿色，夹杂着晶莹的雨滴甚是美丽壮观。

　　四月末的天气乍暖还寒，刚刚穿上了夏装的人们不得不再次披上了保暖的衣物。当着装不同的人们打着雨伞走在马路上时，那种人景合一的情景让人遐想无限，似是万物归一又像天水一色，和谐中透着美丽。

　　此时马路上车辆渐渐多了起来，在雨中穿梭的轿车比平时更亮了，看似无序实则在朝着既定的方向驶去。我站在室内从窗口望去，那风雨中的树枝绿叶正向路过的人们致敬，那满城的绿色让这个雨中的清晨充满了生机和活力。

　　是啊！多么美丽的风景啊！有雨的日子让人心旷神怡，令人浮想联翩。"仁者乐山，智者乐水"，自古至今文人墨客睹物寄思，以雨抒情的佳句数不胜数。杜甫《春夜喜雨》"随风潜入夜，润物细无声"，陆游更是以"夜阑卧听风雨声，铁马冰河入梦来"抒怀仕途，期盼国家统一。王维在《渭城曲》中写道："渭城朝雨浥轻尘，客舍青青柳色新。"北宋徐俯《春游湖》"春雨断桥人不渡，小舟撑出绿荫来"则告诉人们无论何时何地都要向着美好希望努力，正所谓"山重水复疑无路，柳暗花明又一村"。

　　我静静地站着，任凭窗外雨水击着我窗，许久许久……很长时间没有下雨了，我望着远处这水中的世界在默默地问自己："我究竟要顺着这流淌的雨水漂向何方？是否还能找回那个雨季的少年？是否还记得来时的路？"

　　我的眼睛湿润了，是失望、委屈、无助、迷茫，还是感动、向往、期待与梦想？我无法回答自己，就让窗外的雨声替代我向这个缤纷的世界做出回答吧！

2018 年 4 月 22 日于高青

随笔一则

初夏的夜晚，一切是那样的清雅。晚风拂面而来，没有丝毫的凉意，让人感到温暖舒适。

拖着疲惫的身体，我一个人走在回家的路上。连日来在地里面朝黄土背向天的劳作，让我无暇关注朋友圈。汗水夹杂着泥土的气息，几乎让我又重新回到了二十年前在田间劳作的日子。累了，一屁股坐到了地上，哪有心思顾得上多少钱买的裤子；渴了，跑到自来水管前咕咚咕咚喝上几口，感觉爽极了；饿了，拿一个凉馒头就地拨出根大葱，还去管洗不洗手……

如此，几天下来，手上起了泡又生了茧；肩上去了层皮，浑身疼得分不出头脚轻重，但是，当看着那一棵棵的小树站立在眼前，我的心中充满了温馨的成就感。双手一抹脸上的汗水，孩子似地开心地笑了……

2018 年 5 月 9 日

周末随记

明天是一个特殊的日子5. 20，以至于所有人都在期待、憧憬它的到来。

可是，对于它的来临我有些不知所措，就在去年的5·20我正坐在去北方的车上，不知不觉中一年又过去了。在这一年中我经历了些什么，是如何熬过来的，就连我自己也不想多说一句。

来到这个世界，人们常常用两个字就总结了一切"命运"，用九个字来安慰自己——"一切就是最好的安排"，但是，每个人不论出身平凡还是高贵，都有自己的故事。每个男人像一本书，岁月的年轮映在脸上越久就越成熟。每个女人像一朵花，千姿百态竞相开放，或淡或艳、或羞涩或开朗，只有懂得才能品其味道。都说男人顶天立地，却也有伤心哭泣；都说女人如花似玉，却也有悲伤失意。

我乃凡人，终也不能脱离世俗。只是，恨自己未有建树。每个人都不容易，只是在困难的背后，我们要好好地活着，善待自己。只有我们疼爱自己，才有机会去疼爱我们的亲人、朋友还有那些曾经帮助过我们的人。我们更要善待他人，用最好的心态去迎接一切风雨，风静雨止时你会发现天空那一抹美丽的彩虹。

我也时常迷茫，也时常徘徊无助。可是当我看到刚刚学步的孩子跌倒又爬起的时候，我的眼睛湿润了，因为曾经的我们也是个孩子……有着美好的愿望和远大的理想！虽然今天，我们没有遨游在蓝天白云之上；虽然今天，我们没有乘风破浪在大海之中；虽然今天，我们未曾搬进城市林立的高楼……

可是，我们的梦想还在，我们的奋斗依旧。天涯海角阻隔不了我们远去的步伐，艰难困苦挡不住年轻时的梦想。我们虽在农村，却一样为了追逐梦想而奉献了青春；我们虽在农村，却一样穿着建设祖国的军装；时间的逝去，让我们逐渐成熟。在"5.20"到来之际，写一篇随笔送给自己。

2018 年 5 月 19 日

夏　雨

一觉醒来，室外的雨还在滴滴答答下个不停。走到窗前看见窗外葡萄枝上的三两只小鸟，叽叽喳喳叫个不停，好不热闹。

我喜欢这样的天气，空气潮湿却不闷热。农村的雨天，比城市更清静一些，没有车水马龙的热闹，却有鸟语花香的意境。细雨中漫步于林间小路，绝对是一种享受，更是一种快乐。

"真正的快乐都是免费的"这句话亘古不变，自然美才是大美。雨中，整个世界都在为你伴奏，五颜六色的花朵点缀了大自然，让人有种忘我的境界。

这夏初的雨，却还有些凉意，如果不打伞，不常锻炼的话或许着凉。我早已习以为常，任凭着雨滴亲吻在脸上。不必担心空气的混浊，连日的蓝天白云已让雨滴变得剔透晶莹。头发已被雨水滋润，轻轻一抹滑而不腻，这上天之水竟如此之美。以至，我忘却了是在雨中漫步……

2018 年 5 月 22 日

夜 写

夜渐渐深了，旁边的楼上几乎看不到亮着灯光的房间了。窗外，透过路灯的光亮依稀可以看到马路上来往的车辆。马路与窗之间的绿化带，在夜的陪衬下没有了白天的鲜绿，只是在风的吹动下左右摇摆，像是在向谁诉说着什么。

我感觉有些累了，索性搬了把椅子坐了下来，但依然能够感觉到雨后的凉风。我打了个寒战，不由自主地站了起来，伸手拿过暖瓶倒了杯开水。这已是两天前的水了，略有些温意，却没有了刚烧开时的炙热。我不由淡淡一笑，这杯白开水竟如我的心一样，由生而熟、由热渐凉，幸好它还没有完全冷却，却是再怎么也热不起来。

我在想，是否人生也如这杯白开水：从地下到地上开始有了生命，之后却被人为地注入些许东西。本来清纯的水，再加上所谓的物质后竟变了味，改变了原有的温度。人又何尝不是，孩子们从牙牙学语，是多么的天真可爱！可是，从学校毕业后儿时的理想竟变成了"梦想"，人为地分为三六九等。是谁之过？我不必回答，大家便有了答案。

走向社会后，曾经我领着无数的人在生活的路上拼搏，取得了些许成绩，但在一场金融风暴过后，我又回到了起点。曾经的我是那么努力工作，尊老爱幼，把手伸向需要帮助的人。今天，我遇到了许多困难，竟然张不开口，不愿去打扰别人的生活。

我所有的努力只为了一件事：那就是出一本书，却帮助那些刚刚踏入社会的孩子、年轻人，教会他们如何好好做人，如何树立正确的人生观、价值观。也许，有些人不屑一顾；也许，有些人会嗤之一笑；或许，有些人根本不去理会，这个只有高中文化水平的业余文学人的所谓"文章"。

其实，这并不重要，因为我写的文章只是给那些热爱生活，有追求有理想的人；给那些能够坦诚相待，读懂我的人。我再次端起了那杯白开水，水虽更凉了，我的心却依然还有温度而且渐渐热了起来……

静静地，我望着那盛水的杯子，陷入了沉思……耳边电视中传来的优雅的歌声，似乎与这寂静的夜并不和谐，我的泪水却在那歌声中夺眶而出……我不知道，明天的我是否还有勇气去面对这缤纷却又复杂的世界，但有一点我是知道的："我永远记得来时的路，为了那本书我会继续努力，直到成功！"

　　窗外，马路上几乎听不到汽车的声音了，路灯也灭了。外面一片漆黑，只有风吹树叶的声音，忽大忽小，我知道是深夜了。我更知道，在不远的地方朋友你们像我一样，也还没睡。是夜的静，让我们有与自己的心灵对话的空间；是夜的静，让远在海角天涯的朋友有心与心共鸣、手与手相牵。朋友，谢谢深夜的关注与陪伴，祝今夜好梦。

2018 年 5 月 23 日

周　末

上班的人都盼望着周末的到来，好轻轻松松与家人一起度过一个快乐的周末。这个周末，我过得却不轻松，烦琐之事一件接着一件，加之身体略有不适，显得异常劳累。

我在对着手机发呆，所谓"周末"该如何解释呢，周而复始，始而有终。人生是一个过程，其实也是有时间段的，人们常常用"一生"来形容概括人活着的过程，而其计量单位便是"年"，俗称"岁"。人生来便有了"命"故称"生命"，人出生的生辰不同，命运大相径庭。很多人不信命，说那是迷信，其实这是他们不懂"命运"的真正含义。

"命"与"运"乃是主观与客观的结合，如果完美了便一生大福大贵，如果欠缺了便一生坎坷。但大多数人命与运的结合都会有些许欠缺，如此便有了各自不同的人生，有了悲欢离合的世界万象。

学过哲学的人都记得一句话："人不能两次踏进同一条河流。"这是赫拉克利特辩证法，意在强调世间没有永恒不变的事物，在我看来"命运"亦是如此，"生"别无选择，"命"却在"运"的结合中千变万化，诸如"三十年河东，三十年河西"，再如"十年九运"之语等等。

但这里面就有一个深奥的问题，人们究竟该如何看待"命运"？是顺从之，认命；还是抗衡之，相信自己？自古以来，仁者见仁，智者见智，无有统一定论。在我看来，人的一生，无论你是信命也好，奋斗也好，正如"周末"，周而复始，始而有终。无论你如何奋争，都会有一个结果，这个结果是客观的，谁也无法改变它。人们只能用"假如""如果""当初""或许"之类词语去形容和慨叹"命运"对自己如此不公。这其实是一种误解，因为不论过程如何（这里过程就是运），结局（就是指命）只有一个而且谁都无法改变。

我们用一个通俗易懂的例子来解释一下，就用一天24小时比作人的一生。夜里12点即零点，是生命的开始，我们姑且称为"生"。这是谁也无法选择的，人一出生便有了"命"，这二十四小时中的每一秒，便是"运"，运是随时随地变化的，但有一个值得注意的便是，不论二十四小时每一分每一秒如何变化，到第二天的二十四点，这一天末即一生结尾终会来到。这个不会因为你在一点不知天明将发生什么而不到来，因为它是客观存在。

理解了这个比喻，便会对人生、对命运有个新的认知高度。人们常言"三分天注定，七分靠打拼"，在一定意义上说是有道理的，但往深了说一切都是一定的，也就是如二十四小时一天，但所有人都是在一种既定轨道上进行着一种"未知"的运动，它叫"生活"！因有琐事，断断续续写了一晚上，说得对的地方就算你我共识，认为不对的我们各自保留观点，算是共存吧！

2018 年 6 月 1 日

夜

好久没有静下心来写点东西了！写些什么呢？是为了写而写还是为了与自己的心灵对对话，为了在时空的变化中找到曾经的自己？我一时竟回答不上来了。

炎热的夏天，有几次雨后好想泡上杯茶，一个人与逝去的岁月做个拥抱，在过去的时光中逗留……然而，终究未能如愿。今晚坐在行驶的轿车内，静静地听着音乐，那一刻忘却了一切。我内心深处有种莫名的感觉，好想在这寂静的夜晚大喊一声。那是许久以来生活和工作中的压力，是内心深处对美好未来的渴望，是一个人无助徘徊的无奈……

每天当太阳冉冉升起的时候，我们总是心怀感激和憧憬，开始新一天的生活。可是，我们在表面的光鲜背后内心深处是否如意？我想每个人都有自己的故事和心声。到了这个年龄，走的路多了，却还是奔波在追逐梦想的路上。我想和大家说一句话，也是和自己想说的。其实，我们的人生何尝不是在一段旅途中奔波行走。有的人来了，有的人走了，在这来来走走中，有的人在意终点的结果，有的人却注重缤纷五彩的过程。

我想起了保尔·柯查金的那句话"生命属于人，只有一次……当他回首往事的时候，不会因为碌碌无为而羞愧，虚度年华而悔恨"，让我们走好自己的路，在浩瀚的宇宙中留下一段精彩的人生旅程。

2018 年 8 月 12 日

秋

　　望着眼前这个秋字，内心深处有着无限的感慨，有好多要说的话……一连几天细雨连绵不断，滴滴答答下个不停，让人仿佛忘记了秋高气爽的样子。偶有一阵凉风吹来，身子不由打了个寒战，虽不似冬天般的刺骨却也感受到了一场秋雨一场寒的味道。

　　"秋"，一个神圣而又伟大的季节；一个金黄收获的季节；同时又是一个文人墨客抒情的季节。古往今来，以"秋"为题的文章诗词数不胜数，其中曹操的《观沧海》更是抒发了其所处年代英雄的伟大雄心和壮志。"东临碣石，以观沧海。水河澹澹，山岛耸峙。树木丛生，百草丰茂。秋风萧瑟，洪波涌起。日月之行，若出其中。星汉灿烂，若出其里。幸甚至哉，歌以咏志！"这首诗词不单单描绘了曹操个人的伟大胸怀更是对当时当势英雄的写照。

　　还有写"秋"的诗词，却不见"秋"字，但都喻义深刻，一句诗有连接乾坤、书写日月的伟大意义。唐代张九龄《望月怀远》："海上生明月，天涯共此时。"此诗词虽是抒写个人情怀，但海上与明月，把天地做了融合，一句"天涯"不正喻意海内外千千万万中华儿女的爱国思家之情。

　　"中秋之月"是文人墨客笔下的寄托，"海上生明月，天涯共此时"用在仲秋之夜，有异曲同工之妙，更写出了千千万万中国人渴望祖国统一，家人团聚的心声。

　　写秋却不见秋，秋意十足。大家如果有看过电影《三只猴子》，故事情节简单但耐人寻味，寓意深远，亦是一种典型的指东打西思想，写山却不见山，亦是此部影片获奖的关键之一。

　　写"秋"的诗词文章举不胜举，每句每字无不代表着作者的心声，看似平静实则波澜壮阔，正可谓"于无声处听惊雷"。有的诗词不见一兵一卒，却有千军万马在厮杀，正是文章杀人不见血的魅力所在。如今，秋天就在眼前，我想说点什么、写点什么，却无从说起……

2018 年 9 月 20 日

再写我的大学

我，埋怨，
失去了金色的时光。
我，庆幸，
四十岁又走进学校。
我坐在广电的大学教室，
影屏上闪烁着金色的字，
驰骋我脱缰遐想……
我，已不再年轻，
头上夹杂着些许白发。
可是捧起书本的那一刻，
眼中含着晶莹的泪花。
这一切，像是一场梦……
春秋冬夏，包含着多少艰辛苦辣。
儿时，哭了；
少时，笑了；
如今，累了。

2018 年 10 月 9 日

夜 空

　　坐在书桌前，有些累了。于是，我推开了天井的门，走了出去。九月的夜，有点淡淡的清冷。出门的那一刻，我不由打了个寒战，天的确凉了。

　　我抬起头，正好目光与头顶的月亮交织在一起。长这么大，我才发现原来深夜的月亮也像太阳一样会报时。我盯着她看了许久，依稀可见那环形状的山脉，若隐若现，忽明忽暗，让人欲言又止。今天是农历的九月十五，再过几十分钟便是十六了，恰逢霜降，多少有些寒意了。天空中的那轮明月，虽不似八月十五的月亮那样引人注目，亦不像仲秋的月儿那样让人流连忘返，但清冷的月夜，她依旧为路人指引了方向。有人常说一句话："积极的人像太阳，走到哪里哪里亮；消极的人像月亮，初一十五不一样。"我不敢苟同此话，但却仍旧喜欢这变化无常的月亮。虽然初一十五不一样，却也是阴晴圆缺，像极我们的生活……我喜欢静听夜的寂静，喜欢静看夜的长空，喜欢那繁星点点的宇宙，喜欢那广阔无边的夜空。我站在院子里，看到的是房前屋后。我走了出去，抬头再看，是另一番景象。我知道，夜深人静的时候，是人们熟睡的时候，但我更知道这是一天中我最静的时刻。马路上几乎听不到车辆的声音，钟表滴答，滴答，滴答……

　　我在这寂静的夜晚，面对这无声的夜空，竟一时忘记了自己。一切仿佛停滞了一样，傻傻地站着，站着……

2018 年 10 月 23 日

初冬的小雨

上午还是暖意融融，下午却已是寒气逼人了。天空黑沉沉的一片，让人有种压抑的感觉。沿着乡村的小路，一个人若有所思地走着、走着、走着……

偶尔，有几只鸟儿从空中飞过，无意间打破了这沉寂的世界。天空中不知何时已飘落了几点雨滴，滴在脸上有点丝丝凉意。让人不经意中向远处望去，朦朦胧胧好不美丽。

细雨夹杂着初冬的微风，虽有凉意却令人心旷神怡。之前的压抑完全没有了踪迹，只有忽大忽小的雨滴在湿润着头发和衣服。我深深吸了口气，去亲吻这上天的恩赐，去深恋这初冬的雨滴。滴答，滴答，滴答……雨滴敲打着即将逝去的树叶，传来沙沙的响声。一叶落而知秋，树叶光而冬至，冬天马上来到了。谁能得知，这初冬的小雨竟如此温馨！

湿润了大地感动了万物，让人心生醉意！

2018 年 11 月 15 日

猪与驴

　　中午饭后，端起水杯想喝杯茶，怎奈茶水有点烫，索性拿起手机写点什么。左思右想，就从这两个看似不相干的动物说起吧。

　　理由其实很简单，中间的联系还得从我谈起。不知从什么时候起，我渐渐地从无忧无虑的少年时代，走向了青年时代。也是从那时起便有了个不成名的外号"驴脸"，挚友同窗便开玩笑，"天天挂个脸像欠你两百块钱似的"。我淡然一笑，天知道笑的比哭还难看。日子久了，大家便默认了我这张"驴脸"。

　　然而，走向社会后我才明白没有人喜欢"驴脸"，大家普遍喜欢肉便宜点的"猪脸"。于是，我也试着变回猪脸，怎奈我学艺不精，六亲不认，人腔不懂一点，到最后驴肉价格连个狗肉价也卖不上了，更别想着做个"猪脸"了。我也纳闷，我也不解，我还是我，为何变来变去？如今，不惑之年已过，能用心交之则来来往往；不真心实意则顺其自然吧。如果有下辈子，我试着做个"猪"吧，我尽力而为吧！

　　未来的日子谁说得清啊！就此收尾吧！茶刚刚好，一股驴肉的清香扑面而来，我还以为自己又回到了从前呢。

2018 年 11 月 16 日

微小说

步青云在办公室内踱来踱去，手中夹着一颗燃了一半的香烟。此时此刻他的心中只有一个念想，如何尽快找到组织，向组织反映当前存在的问题和面临的严峻形势。

与此同时，在县城的办公室内副县长卫一民正在端着一杯茶，静静地发呆……一封接一封的民声信、一个接一个的电话让他这个分管农业的副县长陷入了深深的沉思中。是啊！久旱无雨，老百姓浇不上地，眼看着庄稼渐渐枯萎，他心中能不焦急吗？可是，仅凭他一己之力能解决黄河水进田的难题吗？

桌上的茶溢着芳香，热气缓缓升起，他多么渴望此刻老天能来场大雨，来场透地雨啊！如果此刻有宋公明在该有多好啊！他想着，想着，眼睛透过窗外漂向了远方……（初写小小说，不足之处请批评指正。文中人物均属虚构，如有雷同纯属意外）

2018 年 11 月 19 日

生命的意义

这样一个深沉而又无定义的话题，究竟是什么支撑着我们向前向前再向前。我正在寻找着答案，翻阅了很多书籍，听了许多评书，观看了一集又一集的电视剧，见证了一幕又一幕的电影续集。

说实话，这是一个没有固定答案的话题，"意义"通俗来讲就是人们对人或事物的一种认知，一定意义上讲"意义"是建立在价值基础之上的。生命的意义既可理解为狭义的个体亦可理解为整体，宇宙万物皆有生命，有其存在的价值。此所谓"存在的就是合理的"，这里的合理是一种跳出人类固有思维的存在，是宇宙万物相互依存的链条，不可违背。若有违背定会有因果报应，但非常人能知晓，只有去慢慢领会，方可知意义久远！

然而，人类的出现打破了地球固有的平静，于是文章的开篇"生命的意义"便有了认知。只是，横看成岭侧成峰，远近高低各不同……如是！

2018 年 11 月 23 日

中赫裕村观感

"让鸿鹄在蓝天中翱翔，让锦鳞在碧水中游弋，让呼吸在绿色中流畅，让土地在根系间凝聚！让我们为子孙后代留下碧水绿地！"中国休闲农业和乡村旅游融合发展第一村——淄博市博山区池上镇中赫峪村的宣传册上开篇写道。

坐了3个多小时的大巴车，几经辗转终于来到了中赫峪村，放眼望去整个山村规整有序、错乱有秩。不远处便是令人向往的"幽幽峪"，如世外桃源一般堪与陶渊明的隐居相比美。在幽幽峪，你可以细心培育自己的菜园；在幽幽峪，你可从一天内尝尽四季美食；在幽幽峪，所有食物都来自勤劳的双手，都源于大自然的恩赐；在幽幽峪，每一次呼吸都如在天然氧吧，任性而又健康。我们可以游走于天地之间，感受那份美好的童真；我们可以游走于村落之中，尽享一砖一瓦的幸福；我们可以漫步于丛林之隙，感触花香雨露的抚摸；我们可以游走于流水之上，感慨鱼群在水中的嬉闹；我们可以游走于阡陌之间，尽享栗香带来的丰收喜悦！在这儿您尽可忘却一切烦恼，陶冶性情，怡神醒脑，尽情享受大自然给予我们的恩赐！

我们一行七十多人，站在中赫峪村的接待中心的广场上，像小学生般认真地听村党支部书记分享中赫峪村的发展历史。一个贫穷落后的小山村，经过十五年左右的改制发展到今天闻名全国的旅游胜地。令人敬畏，让人赞叹，又让人陷入深深的沉思中。中赫峪村打破每家每户单打独斗的传统模式，坚持"以农民为主体、让农民共同致富"的原则，积极发展乡村旅游，取得了良好的经济和社会效益。成为"看得见山、望得见水、记得住乡愁"的美丽乡村典范，其独特的公司化运作思路和先进的股份制管理模式具有典型意义，全村人人是股东，个个做老板，齐心协力共创幸福道路。其先进的思维模式和典型的共同富裕道路在时代飞速发展的今天，可歌可泣，大有"敢叫日月换新天"的英雄气概。作为一名共产党员，作为一名农村基层工作者，我立志向他们学习，在平凡的岗位中做出不平凡的业绩！

新时期，在以习近平同志为核心的党中央为广大农村的发展带来了一系列优惠措施，同时也带来了重大的历史机遇。我们要拓展思维，抛弃旧的东西，跳出条条框框的束缚，敢于闯出一条适合自己的道路。当然走共同富裕之路，并不是放弃了个体的独特性，相反这要更加依赖于"特色"。这需要因人而异、因地制宜，切不可"一刀切"，走形式主义。要从根本上彻底扭转农村的贫穷、落后还要从思想上改变广大狭隘的"小农意识"，让他们明白"大河有水，小河满；大河无水，小河干"的道理，勇于舍弃小家顾大家，齐心合力建家园。诚然，这些不是一朝一夕能换来的，"宝剑锋从磨砺出，梅花香自苦寒来"，没有吃苦耐劳、任劳任怨的精神；没有一整套理论基础和强有力的经济援助以及社会支持，纵使有起色，也不会久远。要耐得住寂寞，十年树木，百年树人，一步一个脚印、脚踏实地走下去。

"不忘初心，继续前行"，塘约道路、中赫峪村的成功模式，体现了共产党人新时期新的使命和担当，也标志着中国进入了一个空前发展的时代！让我们紧紧跟上以习近平同志为核心的党中央的步伐，敢于担当、乐于奉献、勇于牺牲，做一名忠诚的人民守卫者！

2018 年 11 月 25 日

子夜凌晨的对话

夜渐渐深了，马路上的灯光消失了。偶尔一辆农村的三轮驶过，让寂静的夜微然一颤。我坐在客厅的沙发上，呆呆地发愣。双脚泡在盛满热水的盆内，无规律地挪动着，仿佛冷热已与我无关。我望着阳台之上的节能灯，久久无语。

我是个不善言谈，而又不通人情世故的人，我不习惯看别人的脸色去行事。曾经以为只要自己对世界是真诚的，我便会获得同样的真诚；曾经以为只要我认真的做事、努力地工作，就会在自己的周围掌声一片；曾经的我以为只要问心无愧，便会笑着走遍整个世界……

可是，此刻的我屏住了呼吸，生怕我轻轻地一动便会打破这夜的静；此刻的我紧紧闭上了嘴，生怕我轻轻地喘气声会惊醒熟睡的妻儿。我在问自己：到底是我真的已被淘汰，还是这世界变化太快？我在问自己，在内心的深处大声地呼喊……那声音让我无法控制自己，还是算了吧！是我无法去迎合这变化无常的四季，不懂得如何去多穿点衣裳，修饰自己一番。不知何时曾经的一句话在耳边响起"人生有三重界：一、看山是山看水是水；二、看山不是山看水不是水；三、看山又是山看水又是水"。

记忆的深处，为了这句话我在学校请教老师，他语重心长地对我说："车到山前必有路，船到桥头自然直，长大了你就会明白了。"如今，我自以为长大了，都已到了为人父母的年纪，却一直怎么也读不懂这句话。今夜，我似懂非懂，因为我只是到了这人生的第二重界。我以为自己花了眼，可摸了摸眼睛，突然想起自己以前是近视眼。于是，我又糊涂了。

看来，我还是没有看明白这山山水水，似山非山，似水非水，何时是山头何时是水尾？只能是独坐屋中，静听夜阑之声，与自己心灵对话，去期待明天的太阳了。

2018 年 11 月 27 日

回首 2018

坐在书桌旁看了会书，等妻儿睡下了，我想写点什么。元旦将至，我还没有来得及规划一下 2019 年的行程和计划，便已到了眼前。让我有点措手不及又有些迷茫，在过去的一年我到底做了些什么？

我静静地坐在那，眼睛盯着书桌上那杯已经凉了的白开水，仿佛一切都在这杯水中……杯子原本是咖啡色，但经长时间的冲刷已淡去了颜色，晶莹而又清澈，让人产生无限遐想。不知过了多久，我的双手已开始发凉，脚下似有一股冷气盘旋。我不由瞟了一眼火炉，已经不见了燃烧的火焰，只有一丝光亮还在其中，大抵是余碳所燃之致。索性，我不再奢望靠它取暖，于是，便使劲地揉搓双手，好用它去描绘我一九年的蓝图和此刻的心声。

往年，我总是在元旦前夕才会提笔坐在书桌旁总结下过去，展望下未来。今年，由于工作的原因，琐事太多，我不知道元旦的前夕我是否还有闲暇时刻去自省，故此今夜趁人静夜深之时回首一下即将逝去的 2018 年，也好放飞我期待已久的梦想，迎接新年的到来。

过去的 2018，几多汗水几多忧愁，曾经在迷茫中徘徊，曾经在工作中尝遍百味；有无数个日日夜夜奔波在追求梦想的路上，有无数个夜里泪水湿透了眼眶，只是不言却也有语。不知多少次，一个人承担着生活的压力却无从诉说，因为除了自己我几乎不知道有谁还能承受如此压力；不知多少次，一个人静静地走在深夜的小路上，想哭想喊，却没有了力气。我知道，在这个世界上，没有谁能够随随便便成功，每个人背后都有辛酸的故事。可是，偏偏是我耐不住寂寞把这故事悄悄地告诉了此时此刻在关心、关注我的你。我真诚地说声："谢谢！朋友。"

在外漂泊了几年，城市的高楼大厦、都市的灯红酒绿曾经迷惑了我的双眼，以致几乎迷路，迷失了人生的方向。庆幸的是，今年我重新回到了生我养我的这片土地，虽然透着浓浓的乡村气息，没有都市的喧嚣和繁华，但是我依然喜欢这里。因为，这里有我的爹娘，这里有我的兄弟，这里有我的童年。遍走大江南北、跨越长城上下，外面世界虽好却无法寻找我的目标，无法实现我的理想，只有家乡的一草一木才是我的归宿。

到了这个年龄本应成功在望，我却仍为在生活奔波。社会的现实，人们价值观的改变，让我无从适应却又不得不随波逐流于这茫茫人海中。只是，深夜总有一个声音在问自己，是否我真的成功过？我真的不知如何回答，只能借助这微信的平台诉说一下心中的苦闷，算是对自己的答复和安慰。仅此而已！

正如我所喜欢的象棋，人生有许多定位，只是每个人都只有一个角色，那就是做好自己。之前，我很在意别人的一言一行，很在乎别人看我的目光；如今，我只在意自己是否问心无愧，努力了、拼搏了，我不后悔。因为我的心中一直有一个信念，那就是我存在于拼搏的过程而远离于最终的结果。我们在人生的路上驶过一站一站又一站，或许有悲伤、或许有泪水、或许有坎坷，但是每一站都留下了我们生活的轨迹。成功也好、失败也罢，至少曾经为了生活，为了梦想，为了青春我们奋斗过，我们努力过，我们拼搏过！

历史的车轮滚滚向前，今天终将逝去，珍惜现在拥有的一切，愿你我一同记载人生的故事。也以此文献给在拼搏路上的朋友，愿心在此刻交融，愿梦在明天实现。

2018 年 12 月 8 日

子夜随笔

近几日因工作繁忙，无暇于文，但心中仍念念不忘，以致坐等夜幕降临直至子时到来才放下手头的工作，要写点什么。

夜静得让人不知所措，仿佛一切都已成为空中楼阁不复存在一般。窗外，空调的外机缓缓启动打破了这许久的沉寂，我起身向窗外看去。不看则已，这一看让我本来清静的心怦然一动，哪有什么东西看得到，窗外，竟是室内我一切摆设的倒影，还有我站立在那儿的身影，让我既好奇又害怕，瞬间竟立在那一动不动。

一连几天，村内工作不断，走访了几十户人家，每每到夜深人静之时才会有片刻宁静闲暇与心灵交流，与自己对话。一个人捧起一本书，偶尔翻上几页，似读非读却又难以割舍。其实，割舍不下的不是手中的书而是捧起书本那一刻的恬静。

书桌旁，一颗大大的草莓吸引了我的目光，那是两周岁的儿子送给我的晚餐，一颗载着爱的草莓，是他的爷爷买给他，他没舍得全吃而又留给我的。盯着那颗草莓我又陷入了沉思……是啊！我是学文科的，大自然的一草一木都会让我感动许久，天空中的雨滴、清晨的露水又会让我浮想联翩，何况是这血脉相连的亲情呢？我拿起了那颗草莓，轻轻地放到了嘴边，试着咬了下去，味道好极了……

此刻，与我为友的依旧是桌上的已经凉了的茶杯和还在缓缓燃烧的火炉，是它们让我在这寂静的夜里随手而写、随心而言、随想而感。前几日，在《今日高青》读的几篇好文章，一直放在书桌旁的文件夹内，今夜我便又拿了出来，一则是重温下文章的美妙，二来是想过几日与大家分享。其实，现代很少有人能沉下心来踏实地做点事情了，读书大抵是读些经济类、理论技术一类而或一些所谓"网络作家"的言情小说类的文章，而真正的散文、小说和古代的圣贤之书恐怕已搁浅了吧。

人们大多都过着一种紧凑的生活，为了工作、为了家庭，为了事业、为了某种向往抛弃了固有的以书为友的观念转向功利性，一夜间大街小巷便布满了书屋，殊不知其意已遗失殆尽、其味已完全变质，只是一本本书整齐地排放在那，充其量是摆设而已。

我知道这不是谁的错，我更是也逃脱不了这社会的浪潮，只是从内心的深处我一直在提醒自己：十年树木，百年树人。到了不惑之年，做事应沉下心来；读书则要吸其精华，善于思考，与作者交心。也许，读书习文免不了夹杂着生活的轨迹，诸如生活的艰辛、工作的不顺、前进中的坎坷等等，但是，我们那颗追求美好生活的心无论何时都要不褪色，因为这世间一切的根源皆源于此。贫穷也好、富有也罢，除了物质的东西，我们更要珍惜精神的东西，并且有些东西永远也不能丢掉。只要我们有一颗永葆青春的心，一切都可以从头再来。深夜随笔，毫无段落章节可分，信手写来，不知所言。

2018 年 12 月 18 日

二十年后的重逢

时间过得好快，转眼 2018 年在我们的目光中渐行渐远，留下了几多回忆、几多思考。在这个冬至的晚上，我再次来到了滨州，这个紧邻黄河的滨海城市。尽管是带着某种经济意愿来到滨州，但是我依然控制不住内心的激动。

二十年前，我高中毕业后来到了滨州，当所有人都选择了复读，我却走进了滨州粮校。很难用正确或错误去评判当时的选择，因为人生没有彩排，每一次都是开始也都是结局。

在学校的日子，今天回忆起来依旧是那么温馨、那样温暖。每次课堂上的听讲，课下的分享以及放学后的追逐嬉闹，如同昨天历历在目，让我久久沉浸其中……

人生如同一列正在行驶的列车，当呱呱坠地的那一刻已经注定生命中的一切，就如行驶的轨迹虽不知终点却一直向前。每个人都不能选择起点，只能任凭自己的喜好而或需要选择驿站，下了车又上车，上了车又下车，如此循环而已。有些人在人生这趟列车中只是过客罢了，就如昙花一现，即刻消失在茫茫人海中；有些人在人生的这列车上始终与我们相伴永远都不会分开，直到夕阳西下、红日无辉；而有些人就如同这缓缓行进列车上的一桌一椅，虽然普普通通却一直鼓励着我们前行。

今天，是个特殊日子——冬至，是一年的结尾又或是新一年的开始，是一个让许多人怀旧的日子。我躺在宾馆的床上，捧着手机在追忆着过去的日子，日子过得真的好快。那个当年带着童真的少年，那个誓言干一番事业的青年，如今已经有了些许白发，虽依然有着梦想却已不再年轻，却已不再轻言改变。其实，时间是会让我们慢慢长大的，也会让我们渐渐变老。也许，过去我们非常在意或者立志用生命追求的东西现在却淡然一笑，任凭它消失在历史的长河中。没有人能留住青春，我们能留住的是记忆中的片刻，我们能留住的是刻骨铭心的故事，我们能留住的是儿时的天真与老时的白发……来到这个世界，如同万物一样我们也有生命，有自己的使命，但更重要的是生命的过程。无论有多少金钱，无论有多大权利，生命的终极将会一样走进故乡的泥土，守望天堂的繁星。

很多时候，我们大抵不要难为自己，和自己过不去，因为我们眼中的所谓"困难与挫折"不过是人生轨迹中的枕木而已。不要把金钱看得无比重要，因为除了它还有一样东西更重要那就是一颗善良而又包容的心。

这几年，人们搬进了高楼大厦离开了故土，乡情淡了、亲情淡了、友情也疏远了，人与人之间变得让我们自己都难以分辨、难以接受也难以用一颗关爱之心去接受他人了。在中国现代的诸多作家中，我独喜欢一个乡下人，一个头顶世界文学之冠却不懂"世故人腔"之人，一个虽住在首都却心系故土的农民作家。他的文章，他的小说，他的思想，我想终会记忆在历史的一刻并将永远定格在中国的文学史册和世界文坛的一页。是的，文学作品《红高粱》既是生活的真实写照，又是有着良心的人的心声呼唤。很少有人能够知道，一个作家、一个文学爱好者写一篇文章、完成一本书的意义。

有时候，一篇好的文章、一部好的作品能够影响一个人甚至几代人，能够有着划时代甚至改变历史的作用。有些时候，人们往往用金钱或一时的成败去评判一个人，殊不知人生真正的成功是生命的过程。人们羡慕莲出淤泥而不染的气节，我却佩服它在泥泞的黑暗中坚强的生长过程。成功、失败是人们基于物质基础上的评判准则，而不去关注在这个物欲横飞的世界背后还有一群人虽身不富有却心中存有金钱买不到的东西。习惯了城市的节奏，熟悉了城市的灯红酒绿，单调的三点一线让我们很难沉下心来，一天天、一年年，时间悄悄逝去生命渐行渐远，何处是生命的精彩驿站？何处是人生的高点？

朋友，是否你我都曾经认真地思考过？在电视剧的轻音乐中，我似乎忘记了自己的存在，是昨天又仿佛在今日，一首歌让我热泪盈眶一段熟悉旋律让我久久不能平静。我也想做一只自由的鸟儿，在天空中飞翔；我也想放飞自己的理想，在这有限的生命中绽放。只是，在这黑夜的途中，是否还有人愿意去欣赏；是否有人愿意倾听我的分享？我在期待着天空中的那颗星，我在期待着旭日的到来……

2018 年 12 月 23 日子时于滨州饭店

元旦致辞

千里晴空，万里云飘；望中华大地，一片祥和美丽。黄河上下，波浪滔滔；喜马拉雅，独领风骚。长江之水，纵贯南北；泰山之巅，誉满五岳。

看我青岛跨海大桥，世界无双；再观神舟七号，已是世界领先。高铁里程全球闻名，航空技术志在必得。

想我中华民族五千年，奉炎黄二帝为先，于人类贡献最大。造纸印刷火药和指南针，开天辟地，继往开来。唐朝盛世、宋代经济，元朝疆土、明朝学士，举世无双。清朝后期虽软弱无能，前期却国力强盛，民安太平。

1949，天安门城楼一声巨响："中华人民共和国中央人民政府今天成立了！"从此，中华民族进入了社会主义建设中。看今天，日月同辉，全世界华人一同庆祝元旦。齐步一走，大地微颤；同声呐喊，五洲回声！

2019 年 1 月 1 日

深夜野外的声音

已是到了子夜之时，我静静地坐在车内，听着车窗外马路上的车辆声。夜已很静，只是此刻我只身一人在野外守着那些已被采伐的杨树，有种莫名的感觉。车内的收音机不停地放着一些过去的歌曲，每一首歌都是那么熟悉又都是这样陌生。

似乎刚刚在回忆中重新来过却又回到了这个陌生的夜晚。熟悉的、不熟悉的一股脑涌了出来，我怕来不及却又无能为力，记忆的深处总有些东西一触便想流泪，总有些旋律一经响起便把我带入到那个涩涩青春的年代。

是啊！上高中时曾经无数次想过二十年后的自己，幻想过多年后的一天自己已是事业有成……如今，已经是二十年有余，曾经那个爱做梦的少年已是为人夫、为人父，已经不再是那个思想单纯的学生了。一个人在这寒冷的冬夜，大地为床，天为屋顶，轿车为被，静静地听着收音机中那一段段熟悉的旋律。听到感动处，竟掩饰不住内心无边的空旷，泪水湿润了眼睛，滴在衣服上……

我没有用纸去擦而是放纵自己的眼泪流下来。我到底是怎么了？是这空旷的夜让我害怕吗？不是。是这天籁的寂静让我孤独吗？不是。是这内心深处的压力让我难以承受吗？也不是。那是什么？我无语。

我知道，在这个寒冷的夜，有许多人同我一样为了生活、为了某种意愿或者理想在漆黑的夜摸索前行。也许，天亮后发生什么谁也不得而知，但依旧努力前行毫无畏惧可言。正如我买的这片树行子，未曾出吨数之前谁也无法知道准确数，谁也不清楚是赚钱还是赔钱，但我仍然尽自己的最大努力去争取、去经营。因为一直以来我最在乎的是这起起伏伏的过程而并非是那个苍白的结果。

好比人生，日月如梭，人生短暂，成也好、败也罢，只要努力过、拼搏过，我不后悔。这些天，忙于工作与生意，忽略了与自己的心灵对话，今夜难得有这样一个寂静而又漫长的夜，让我写点什么。我从内心深处为此刻正在读我文章的朋友，做一次祈祷，让上苍庇佑你我好好地活着。为了家人、为了社会，当然更重要的是为了自己的理想而勇敢地走下去、走下去、走下去……直到见到光明的一刻。

我推开车门，望了眼天空，天上的星星依旧闪烁，似乎是在心疼我又似乎是在与我打招呼。顺着车灯望去，林立的树木、青绿的麦胧与我遥遥相望，像是亲人又像是伴侣，终是在我的思绪中渐渐淡去。歌声依旧，车子的马达声渐渐近了，车内的汽油已燃烧了一个方格，在给我带来温暖的同时已是燃烧了自己。"你我约定，难过的往事不要提。"歌声中甜甜的声音荡漾在我耳旁，把我带到了那遥远的过去……

2019 年 1 月 8 日

子夜杂谈

每每到了这个时刻，仿佛才找到了自己的家。忙碌了一天，稍微轻松了一点却马上要进入次日的工作中。有时竟怀疑自己做的一切是否值得，默默工作时领导看不见，朋友投来怀疑的目光，家人不理解，一切只凭自己的良心。一年到头，从正月初八马上到腊月初八了，三天一大会、两天小一会，几乎是天天开会、学习。这本是好事啊！为了群众、为了乡亲，受点苦、吃点委屈从内心深处说值得。

然而，忙碌了一年却很少有让自己满意的拿得出手的工作。以至于我在反思，在问自己："是否我用真心去工作？"有时早饭、午饭一块吃，有时前脚出门后脚抬起便有电话，细想起来倒也充实，但内心深处总在问自己："是否一切真的值得用生命中的青春去付出？"人生短短数十年，我们已不再年轻，还有很多重要的事要做，还有很长的路要走。是甘心一直默默无闻去做一些表面的东西，还是去潜心学习去做自己想做的事？我真的陷入了沉思。

忽然间想起了不知谁说过的一句话："难得糊涂！"心里虽然明白却又真的糊涂，到底是明白还是糊涂，连我自己也糊涂了。有时，是真心实意想做点事，不为别的，为了对得起自己的良心。可是，往往事与愿违，进也不是退也不是，究竟如何是好？其中的滋味想必只有自己知道。

之前，上学时常常不解古贤士为何隐于世，"采菊东篱下，悠然见南山"，更惊诧老子"无为胜有为"，甚而难以接受"明哲保身，少说为佳"的处世哲学。今天，却在疑惑中渐渐明白了一些东西，一些之前不解甚至痛斥的东西。于是信了"一生有一知己足矣"这句话，更加钦佩古文人志士在衣不裹身、食不充饥的条件下，竟能"饮酒作赋"留下千年绝句。"士为知己者死，女为悦己者容。"那已是历史，永久地消失了……

今天，可以毫不掩饰地说："千友好寻，一知己难找了。"是社会的进步还是人类的悲哀？我不得而知。有时读一些东西，嘴里便不停地骂"低级、无聊"，读着读着便停了下来，不怨作者文笔粗俗，是这样的文章迎合了一群读者，有着巨大的市场。我没有说自己有多高尚，相反我在骂自己"不懂人腔，不明世故"，适应不了这快节奏的社会。

"雷锋出差一千里，好事做了一火车。""拾金不昧，欠债还钱"本是天经地义之事，如今却成了"榜上有名"的好人好事，更令人不解的是鲁迅先生"横眉冷对千夫指，俯首甘为孺子牛"的精神短短数十载竟成了奢望。我一不是什么高官达人二不是富贵子弟更不是抨击时局者，相反我是热爱我的祖国，热爱生活在这片土地上的人民的，我是那样的执着，是那样的努力认真地工作，我无愧于这个社会，更无愧于自己的良心。

我总想为这个社会做点什么，做点什么呢？除了写点东西，别的真的无能为力了。那个时候，陌生的客户装完货不打钱便让走，而现在是不付钱人家便不卸货；以前，朋友间有困难是互帮互助而现在是闭门不出；以前，猪肉还是肉味现如今肉变成水味了……"人在屋檐下，不得不低头。"原是迫不得已，今天低下的是头，伤的却是"良心"了。

我真的不明白？这是怎么了？是进步？是必然？还是在浩瀚的宇宙中的沧海一粟？毕竟，除了人类还有许许多多的物种存在。再者，从哲学的角度看"存在的便是合理的"，我是一个唯物辩证主义者，真不该不懂"哲理"而去讲所谓的"道理"。我冰凉的双手不停地搓来搓去，茶喝了一杯又杯，炉中的火虽正旺却难以温暖到我那孤寂而又灰冷的心。煤燃烧了一次又一次，十几斤碳就这样悄无声息的化为灰烬，我心疼了起来。

在这个寒冷的深夜，当多数人已进入到梦乡的时候，我坐在这里竟没有丝毫的睡意，乱八七糟地写了些不着边际的话，是喝茶醉了还是酒喝多了？想必连我自己也说不上来？因为我的智商还停留在儿童时代，除了自己的父母谁都不认识，哪还能记得来时的路啊！不忘初心，方得始终！殊不知，初心易得，始终难守啊！就到这儿吧，写得再多，终究一分钱的稿费也没有啊！

2018 年 1 月 10 日

致逝去的青春

不经意间翻开了尘封已久的相册，那张少年时的相片映入了我的眼帘，曾经的往昔、逝去的岁月仿佛就在昨天。

总有些时候，忙忙碌碌；总有些日子，醉生梦死；总有些年龄，豪情壮志；又总有些时刻，怀念过去。不是因为心小而放不下，而是因为心软而难以忘掉。

那些似水年华的日子，那些初入校园的年代，那些刚刚踏入社会的时期，总有东西沉淀在心中，久久不能挥去，直到鬓生白发，目光呆滞……

时光如水流般逝去，青春如月光般悄无声息的离去，留下了我们尘封的日子。生活多数时候是在认真地渡过，却又像一场戏，真真假假、虚虚实实，唯一不同的是人生从来没有彩排，一切都是那么真实，甚至残酷到你我无法面对。我们有时谈幸福，有时谈事业，有时谈人生，殊不知在这简单的几个字后面是沧桑的故事，是永不回头的影视剧，是你我刻骨铭心的记忆。

我不是什么作家，也不是什么名家，更谈不上高官达贵，但有一个词我却自信到家，那就是"幸福"。很多人，很多名人，很多电视节目主持人，装腔作势般谈幸福，问幸福，"你幸福吗?"让人至少是我不敢苟同。其实所谓"幸福"，就是人的一种主观感受，是人类在某一特定时刻的一种感觉，具有不可持续性。至于，生活中许许多多的关于幸福的话题，我们大可不必关注，因为这个浮躁的社会沉淀下来的多是过去的东西。青春，因为你我而精彩；生命，因为你我而无悔！走过的日子如金子般珍贵，逝去的年华如玉般无瑕，一切是那样令人难忘，一切是这样让人怀念。

端起一杯茶，品百味人生；拿起一瓶酒，尝万般滋味。茶余饭后，下盘棋，走的是棋子，悟的是人生。在这匆匆的人生路上，有时停下脚步会有不一样的风景，有时与自己对对话会有意想不到的收获。不必太对自己苛刻，不必凡事明白，有时糊涂点更好，有时明白时却在糊涂中度过。就如现在，初一十五我是分不清了，就到这儿吧，明天就是十五了……

2019 年 1 月 19 日

不要总是羡慕别人的孩子

又一学期的期末考试结束了，为了鼓励孩子健康成长，成绩和排名学校没有公布，所以一定意义上讲孩子是可以无忧无虑度过个寒假的。

然而，学分制教育、成绩式教育一直是中国教育的一大特色，长期以来，填鸭式教育所对应的应试教育培育了一批又一批具有中国特色的各行各业的精英，为新中国的建设做出了不可磨灭的贡献。

不过，近年来随着社会的不断发展进步，原有的高分教育、应试教育已经远远不能适应时代的发展要求。素质教育、个性化教育、以及价值教育渐渐显现出教育的本质意义，"高分低能"现象正在减少，一大批身在基层，"身份和地位"并不显赫有真才实学的人正被启用。"国考"万人争夺一席之地虽在上演，却也为很多"老百姓"的孩子提供了一线机会。

每年的高考，我总是默默为每一位孩子祈祷祝福，因为"十年寒窗"我曾拼尽了青春的全部。我从不羡慕别人的拥有，因为我知道换作我我同样优秀；我从不羡慕别人的生活，因为我懂得每个生命来到这个世间注定五彩缤纷。

所以"不要总是羡慕别人的孩子"是我要对每一位家长说的话。其实，我们更应该多发现、鼓励并正确引导孩子，不要丢弃了我们的儒家教育，不强求个个都"成龙成凤"，只要有份稳定的工作，有个幸福的家庭足矣。

我们的理想和未实现的梦不要强加在孩子身上，长江水后浪推前浪，终有浪花溅在长空时。中国几千年的官本思想或许在下一代人身上将终结。如何实现自己的人生价值？如何追求自己的理想寻求自己的社会定位？将是00后一代的主导思想。这是历史的进步，这是人类文明的体现。

"农民"终将成为一种新型职业，"退休金将会在农民身上上演"。这是我的预言，也是时代的必然。"不要总是羡慕别人"，其实我们自己已经非常优秀。生活在田野阡陌之间，看花开花落；耕作于水土间，捧万颗粮粒，养数亿"贵人"；游走于冰雪之上，与河中小鱼交叉相唱；熟睡于农家房屋，与空中繁星遥遥相望；工作于乡下基层，却未曾忘记曾经的理想。

"不要总是羡慕别人的孩子"，我们的孩子一样优秀。寒冬腊月，只身在校；夜深人静，台灯下苦读。不要给孩子太多压力，他们瘦小的身躯经不起太多的负担；不要给孩子太多的期许，再多的奖状都不足以换来童年的心灵。让他们自由自在地飞翔吧！像小鸟一样离开母亲的怀抱飞得更高更远！！！"前事不忘，后事之师！"不要让孩子再把我们的人生重新走过，他们应该有自己的生活……

2019 年 1 月 26 日

年终岁首

拿起手机沉默了许久，想要写点什么却迟迟没有动手。倚躺在床头，眼睛注视着山东电视台的节目，心却飞向了远方。

再有两天便是春节了，我却丝毫没有感觉到节日带来的快乐。日子一天天过去，童年的春节不时浮现在眼前，仿佛在昨日又好像是一场梦。儿时，寒冷的冬天在河里的冰上溜冰、捉鱼，母亲做的新棉鞋几乎是一两天的功夫便湿透了、磨破了底子。一双小手冻得发紫，心却是热的。屋檐上雪化成水而又结成冰，点点滴滴成一个个冰雕，非常的美丽。偶尔用木棍敲打几根，和小伙伴们一起享用，很是快乐。那时家里虽然不富裕，但是过年总是最快乐、幸福的时候。

如今，有了家庭，有了子女，却再也寻觅不到那纯真的童年了，更没有了少时的年味了。不知什么时候起，我心里竟然对过年不再期盼甚而有些反感了。我不知道我的孩子们会怎么想，是否也如我一样有一个无忧无虑的童年，我真的说不上来的。因为女儿的书包是我费了好大力气才从学校提回来的，我说不上是应该高兴还是担心。至于儿子，他还小只要是能给他买几台玩具类的挖掘机，平时比过年还高兴。

每每过春节，我总是想起小时候，想起那蓝蓝的天空、百鸟争鸣的小树林；想起儿时的伙伴、如同兄弟的感情。春天，折一柳枝便能吹哨；夏天，弄几枝柳条编个凉帽；秋天，守在柳树下等待知了下溜；冬天，用木棍敲打已死的干枝回家烧火。那时，没有什么绿化树，却是空气新鲜、环境优美；那时，谈不上什么新品种，除了杨柳便是几棵枣树或者是榆树槐树了，但每当傍晚炊烟袅袅，很是好看。冬天，临近春节时，有时会下场大雪，全世界便银装素裹，带着冰花，让人流连忘返。那时的冬天，小孩子很少感冒的，即使发烧喝点白开水，捂捂出身汗便好了，而今天，小孩子感冒发烧一次，一亩地的收成也随之而去。

小时过春节，农村的孩子最喜欢的是爆竹和头花，现在大部分的孩子喜欢的是红包。可是，他们幼小的心怎么知道，他们收到的红包是父母亲用更多的红包换回来的……时代在进步，历史在发展。也许，我不应再用老的眼光去看现有的一切，然而，我记忆中的往事只有童年的快乐，我又如何骗得了自己。每年到了这个时候，我的心总觉得空荡荡的。也许是生活的不尽人意，也许是怀旧。

总之，我常常想起过去的日子，想起在那个夏天光着脚丫，冬天没有袜子的年代。此刻，时针已指向了一点钟，妻子和儿子的呼吸声均匀的在我耳边响起，电视荧屏上正播放着八六版的西游记，我依然呆呆地发愣，许久许久。我在想，是否在这个临近春节的夜里，也有人像我一样怀念曾经的过往，虽然一无所有心中却很充实；是否在这个寒冷的冬季，也有人像我一样虽然身穿棉衣却内心有丝丝凉意，空空如也？

也许，这就是生活；也许，这就是人生。只是，我希望一切美好的记忆不只在童年；一切美好的生活从现在开始。祝福每一个人，希望明年的今天更加美好。谢谢一年以来的关注，谢谢！

2019 年 2 月 3 日

家

今天是农历的腊月二十九了，离春节只有一步之遥了。在这个万家团聚的日子里，所有的华人不约而同地奔向一个地方，那就是家，生我们养我们的故土。

富裕也好、贫穷也罢，因为有着血脉的相传，所以每到春节便像有吸引力一样向着家的方向走去。现在交通方便了，高铁、火车、汽车、大巴而或的士、自驾甚至坐飞机，南北往返东西交错，不为别的就为了见见故乡的亲人，为了看一眼生我们养我们的父母。

曾经的一首《常回家看看》，唱遍大江南北、长城内外，唱得老人落泪，年轻人低头不语只顾哭泣。是啊！平时各自奔波在外，社会的快节奏、生活的压力让我们每个人都难有松懈的机会。一到春节，回到了家里没有了出门在外的不易，尽情地享受这幸福的时刻吧。

依稀记得刚参加工作时，有一年我留在了青岛，没有回家过年，心中便有了份对父母的牵挂，对故乡的思念。今天，还会有千千万万的游子坚守在祖国的大江南北，坚持在工作岗位上。他们舍弃了小家，而让我们团圆在故乡，这虽然普通但平凡中孕育着伟大，在此祝福他们。

家，虽然很小却非常温馨；家，虽然遥远却牵挂着我们的心；家，有父母便是永远的避风港湾；家，有亲人便是此生难忘的故土。"树高千尺，叶落归根。"每逢佳节倍思亲，家便是根，故乡便是养育家的泥土而我们便是树枝上的千千万万片树叶，不论职位高低、不管富贵贫贱，终要回到那片养育我们的故土。

人，首先在这个地球上是一种动物，一种有着高级思维方式的动物，一种能主宰地球的动物。因此，某种意义上说人有人言、兽有兽语，存在的便是合理的。我们习惯了用人类的惯性思维去审视、评判这个世界，其实，日月轮回斗转星移，是谁也改变不了的事实。在这个世界上，除了人类还有很多种生物，它们一样有着生命，除了文字的记载，百年之后我们将和它们一样都回归到大自然中去，化作点滴的灰尘永不生还。

不同的是，我们在生命尚未停止的时刻，永远在回家的路上。有时，我在想人来到这个世界上是否是带着某种使命和责任？是，那是什么？不是，那又为什么会有这么多不如意？也许，知道的人很少；也许，我们根本没必要知道。总之，来到这个世界上，除了家，再也没有让我思念的地方。

明天就是三十了，此时我坐在书桌旁，不停地搓着双手，寒冷的气温虽阻挡不了我那颗火热的心。我也说不上为什么要写点东西，说不上是十几年来的习惯还是茶余饭后的消遣，只是很多话在心里想找个倾诉的对象罢了。小时候很喜欢听古典评书，也许正是那些评书大家的演播让我渐渐地爱上了写作，养成了慎独的习惯。刘兰芳老师的《岳飞传》曾一度让大人们放下农活聚在大喇叭下听书，书中人物活灵活现；袁阔成老师的《三国演义》中，刘关张开天辟地，天下三分，斗勇斗智的故事让人终身受益；单田芳老师的《薛家将》声情俱茂，文武双全激励着后人保家卫国；连丽如老师的《东周列国》把我们带到了那个群雄争霸、诸侯割据的年代，以史为鉴，万古流传。

古人说"读圣贤之书"，确实让人受益。其实，很多时候不是我们不想读书，而是这个缤纷多彩的世界，经不起太多的沉淀。大多数时候，人们往往花大多数精力去追求物质的而非精神的东西。因为一般人看来高楼大厦、洋车洋房能看得见，有实质的作用。而古人认为的好东西"书籍"多半是急功近利而或查阅作秀的工具罢了。

在今天科技飞速发展的时代，有几个人还能"孤舟蓑笠翁，独钓寒江雪"，又有几人能沉下心来如诸葛亮般"修身养性"呢？这是历史的进步呢？还是历史的进步呢？终会在历史的长河中留下记忆，任凭后人解说罢了。

家，是个好地方，可以读书看报也可以静坐思过，不用担心是非纠纷不必纠结尔虞我诈；可以约三两好友品茶会棋，亦可一人打开电视看足球集锦。在家中，过去的一切如烟云而散，明天的太阳会如约而至；在家中，陪陪父母、看看孩子，利禄功名暂且忘记；在家中，九点起床去享受下冬季的暖阳，一切都是那样无拘无束。只是春节一过，便又是一年。如此，年复一年，日复一日，直到我们老去的一刻。"南山南，北秋悲，南山有谷堆；南风南，北海北，北海有墓碑。"就让我们在歌声中结束今夜的心声吧！

2019 年 2 月 4 日凌晨

春节随笔

《随笔》——在等待和煎熬中，终于度过了春节。我不知道这个节日对于别人来讲是什么感受，但我很清楚这个农历的新年，在我的一生中或许会留下痕迹，也许将会永远的刻在心中。

春节的万家灯火照亮了整个世界，却难以温暖我那颗孤寂而又脆弱的心。我知道一年的365天，我有360天都是坚强的，只有过年的这几天我不再严格要求自己而是放任自己。

十年了，十年来我一直在默默地低头填埋自己挖的坑，虽很努力却收获甚微。2019到了，我不再委屈自己，给自己心情放个假，什么名利、地位，而或金钱、生意，统统忘掉。我近似疯狂地下象棋，一坐二十个小时，不吃不喝，不困不睡，我是要挑战下自己是否还有重生的勇气？接连三天，我把自己屏蔽了，除了身边的一杯白开水几乎再也找不到陪伴的工具。

静下心来时我都不认识自己了，是两鬓的少许白发所致还是脸上的沧桑使然？我沉思了好久……生活在这个瞬息万变的时代，我感受到了前所未有的压力，有时甚至喘不过气来。如果说生意场上的斗智斗勇我还能抵挡一二的话，工作中的时刻变化却令我应接不暇甚至疲于奔波。

我在反复地思索，我们如此拼命地工作到底是为了什么？如果说是为了某种使命或者责任？那么这种所谓的高尚称谓是否真的是发自我们内心深处的声音？是否是我们的真正初心？还是像行尸走肉般在重复着什么？也许，或许，可能，不确定还是……我一时找不到答案只能凭着自己的感觉走路了。

由此，我想到了那句话："情意诚可贵，爱情价更高，若为自由故，二者皆可抛。"当我的生活，当我的工作成了我们人生路上的一道道坎时，那么我们努力的工作生活意义在哪？我是不解，不懂，是真的不知啊！好想一个人静静，背上背包，徒步开始新的征程。我不知道已到了这个年龄，是否还有迈出去的勇气，但有一点毋庸置疑，那就是我想找回曾经的自己，没有对错只有坚持走下去……

2019年2月18日

晨语酒吧

凌晨休息时已是一点多了，偶尔还能听别谁家的门口传出几声烟花的响声。躺在床上伴着对未来的思考，不知不觉中睡着了。

清晨醒来时，窗外已经亮了，不时有鞭炮声传来，点缀着这个元宵节的岁尾，让节日的气氛一下又加重了许多。农村的习俗：过了十五便是年。如今已是十六了，春回大地、万物复苏，处处生机勃勃，有一种强劲的生命力。如同这个节日的清晨，浑身上下有使不完的劲，对生活充满着空前的爱。今天过后，便不会再如之前懒散无律了，工作生活一切又步入了正轨。

作为一名自由职业者，虽然没有五险一金的保障，但我亦渴望在人生的青春时创造辉煌；作为一名自由职业者，虽然没有朝七晚六的铁律，但我同样常常出没在夜深人静的时刻为了理想而努力拼搏；作为一名自由职业者，虽然没有退休养老的待遇，但我义无反顾地来往于通往幸福的土地上……

清晨的阳光，万般迷人，一缕缕、一道道，让人应接不暇，似有陶醉。骄阳似火，可这朝阳前的世界愈发的美丽可爱。杨柳树正在睡意中惊醒，小河边上已是冰破水流；田野里大地虽还未全副新装，但却有了一片绿的迹象。

此时此刻，泡上一杯红茶伴着淡淡的茶香，细细品尝，别有一番韵味在心间。几口下来，一股暖流便涌在身上，仿佛哺乳的孩子躺在了妈妈的身上。是啊！都说："冬天来了，春天还会远吗？"如今，春天来了，夏天还会远吗？春天来了，一切会慢慢好起来的……放下手中的茶杯，我目光又飘向了远方，如果让我重新做一次选择，我会选择"诗与远方"，在诗情画意中走向远方……

2019 年 2 月 20 日

午夜心语

躺下了却又难以入睡，两周岁的儿子破天荒地跑到了我的被窝执意让"爸爸"搂着睡觉。无意间多了个小屁孩，被子一下拥挤了不少，辗转反侧难以入睡。

老实说，不是儿子的加入让我失眠而是窗外的月光引起了我的注意。已是凌晨时分外面依然透着光亮，整个卧室隐约可见室内的摆设。妻子和女儿在另一张床上已进入了梦乡，不时传来喘气的声音，错落有序，和钟表的秒针交相呼应，给室内平添了些许动静。

在我的身旁，儿子已是熟睡，均匀的呼吸声在我耳旁。两只小手偶尔伸出被窝，便又缩了进去。我轻轻地给他掖了下棉被，顺便坐了起来，借着月光和手机荧屏的余光看了会儿。便忍不住低下头在他稚嫩地脸蛋上亲了一口，白天调皮时惹我生气的情景竟在此刻转成了包容和溺爱。

我在想，是否人大都如此，有了儿女便知晓了父母的不易。遗憾的是我的母亲早早地离开了我们，在另一个世界也许她会知道这人间的轮回中她有了外孙和孙子，让血脉和亲情得以续延，让生命继续前行，生生不息。

总有些时候在深夜中，在心无杂念时我喜欢静静地想些事情，因为生活的缘故我很少读书了，不是不想读而是琐碎之事太多静不下心来。偶然翻翻杂志比如《读者》《青年》，或者《意林》，再或者《商界》之类的，大抵如行云流水般观看，实在不敢与读书相提并论。实在地讲，我爱书甚至是有些偏爱，上学时的零花钱除了必要的生活用品我都买成了书，有些至今留存。从那些书籍之上的笔记隐约可见当时的心情。

然而，这几年来我的经济每况愈下，以至有了些许外债，使我不得不放弃了许多想法。唯有写作，我一直坚持了下来，我知道我的作品大多数是心境的直白，对于大多数人无很深的启迪。然而，除了读书与写作，我几乎找不到可以释放压力、解脱自己的方式。

我所谓的文章，充其量不过是茶余饭后的谈资亦或笑柄罢了，但我还是要一一写出来的。因为在我看来，人生的旅途中终会遇到良师益友，蓝颜知己，彼此互懂，惺惺相惜，如此安好。若有挚友一生一遇，一遇一生便再好不过了。

以前，我有些积蓄的时候身边倒是不缺少朋友，三三两两、三五结群，隔三岔五吃吃喝喝，如今生活陷入了僵局，来往的人少了，反倒让我清醒了不少。我反复地想，终于明白了一个道理，不是别人嫌贫攀富，而是自己过于高估了自己。

"问世间钱为何物？让世人皆崇拜之。"是啊！自从有了人类，便有了弱肉强食，便有了适者生存。我不去好好领悟这人生的哲理，怎能去抱怨他人的选择呢！只不过，在这个物欲首数的时代，有些人眼中还是以"成败"论英雄的，至于其他的什么人生价值或理念，在他们看来一文不值，所以，我完全没有必要，更不值与些许人斤斤计较，既浪费了时间又消耗了体力，人各有志，一切顺其自然罢了。

一直以来，我有一个梦想，那就是出一本书，出一本能让年轻人在校、走向社会后少走弯路的书，"前事不忘，后事之师"，怎奈生活拮据，为了生活还得继续努力拼搏，所以，暂且搁浅吧，但这是我一生的追求和理想，无论生活再累、再苦，我不会轻言放弃。我会在工作和生活之余，重捧书本，修身养性，提高阅读和写作水平，以为日后打下坚实的基础，走好人生的每一步。我也为自己身边还有这么多好友、亲人、老师、同学、同事关心我、关注我而感动而自豪，大恩难言谢，谢谢你们。"宝剑锋从磨砺出，梅花香自苦寒来。"但愿这午夜的心语能带给您点点启迪，就让我在前进的路上向您致敬！朋友，晚安！

2019 年 2 月 21 日

无　题

　　有些日子没有写点东西了，拿起手机甚至有些陌生，是长期以来的感觉还是这些日子的生分，我不得而知。实在找不到合适的题目做引导，索性效仿下先哲，一个"无题"囊括了所有任由你去想吧……

　　今天是农历的正月三十了，但却已进入了阳历的 3 月 6 日，同样的一天不同的人引用和领悟截然不同。走在乡间的麦地边上，人们正在不辞辛苦的浇地，捧起一捧水细细的端详，一种自然而然的感情油然而生。这时你轻轻地问声："大爷，您好！今天是什么日子来？"他会不加思索地回答你是正月三十。是啊！他们是土生土长的农村人，从初一到十五，由十五到三十，每一分每一秒都是在重复着同样一件事，怎么会忘记呢？

　　然而，到了县城到了乡镇你再问同样的问题，便有了另一种答案，那便是 3 月几日了。这些年来阳历年正在逐渐替代春节，成为了许多人心中的计量器，甚至我们上班工作、打工做生意都习惯了以阳历为单位刻度，来激励鞭策自己，自始而终直至成功。

　　今天说起来对我而言也颇有点纪念，终于要迎来了第一单生意了，按常理说该要高兴才是，但我心里是五味俱全，别有一番体会在心头。我不知道是该如何描绘这背后的艰辛，还是如往常一样深深埋在心里。端起水杯，我喝了口水，连日来的劳作身体有些疲惫，嗓子有些干燥，就让这杯白开水冲去我的疲劳和无奈，重新投入到工作和学习中去吧。

2019 年 3 月 6 日

午后遐想

"草长莺飞二月天，拂堤杨柳醉春烟。儿童散学归来早，忙趁东风放纸鸢。"清代高鼎的《村居》至今读来，仍如临其境。

不知不觉中已经进入了农历二月初，俗话说："春播一粒种，秋收万颗粟。"春天是个希望的季节，所有的美好愿望从这个季节开始，历经千辛万苦终会在秋天收获丰收的果实。春夏秋冬周而复始，人生也如万物在有限的生命时间内进行着无限的创造和遐想的生命过程。

自从有了人类，生命便有了轮回。有的人活着，只是机械般承载着先人的智慧，每日重复着同样的事情。一生平平庸庸，碌碌无为。"明哲保身，少说为佳"便是其处世哲学的指导思想。在今天温饱问题得以解决的情况下，一日三餐，无忧无虑乐此不疲，好不惬意。知足感、幸福感油然而生，比上不足比下有余，如此年复一年日重一日，直到白发满生，自然而逝。我一凡夫俗子，文不及孔孟先哲武不抵关公、张飞，死后在历史的长河中留不下半点文字和一招一式，只是作为生命的载体秉承着先祖的"足迹"传宗接代耗尽生命的全部罢了。

然而，我在想人一代一代像接力赛一样，围着地球转来转去，与万物究竟有何不同？会说话，会制造还是会毁灭？有人说，人有思想，可动物也有与人类似的如"虎毒不食子"，可人呢？大家心中都有答案，不必一一说来。有时喝了酒，有种莫妙的感觉，是虚幻又是真实的境遇，难道我们活着就是一味地追求所谓的"幸福"吗？谁给我们的权利，牛羊鸡鱼、飞禽走兽，天天成为我们餐桌上的美味佳肴啊！如此看来，人类与其他动物和有生命的生物在宇宙的范围内并无实质性差别。

当灯红酒绿的夜晚，林立的高楼大厦里面，人类在休息。同样，日落西山后夜幕降临万物也有作息的那一刻。是万物惊扰了人类的传承还是人类主宰了整个地球？我真分不清楚，何况我也没有阿基米德撬动地球的能力呀！只是，如孔乙己般在酒后"之、呼、者、也"罢了。时间关系，到这儿吧！

2019 年 3 月 9 日

县城的那个棋摊

周日下午，和往常一样我开车送孩子去县城上学。因为有一点工作的原因，便绕道芦湖路与青城路的路口。车子缓缓行驶在芦湖路上，远远地我便向交叉路口望去，除了头顶前方的红绿灯，几乎没有什么能比那个地方更吸引我了。

两三张棋桌，三五成群的人们或坐着或站着，有的静静地思考有的焦急的观望。棋盘上红黑双方激烈交战，互有损伤各不相让。三十二个棋子融入了中华民族文化的精髓，楚河汉界的标志线把人们带到了那个遥远的年代。楚霸王"不肯过江东"的经典史故和英雄气概至今犹存。虽是方桌一张走的是棋子，拼的却是智慧，下的是棋喻的却是人生。

"一招不慎，满盘皆输"，棋输了可以重摆，但人生走错一步终无回头之路。我酷爱下象棋，不是为了争冠，更不是争强好胜而是这棋局里面蕴藏着深刻的哲理。能让人在焦虑不安时，静下心来反思，寻找正确的人生之路；能让人在狂喜的时候忆甜思苦不至于乐极生悲；能让人在绝望的时候绝地逢生，正所谓，"山重水复疑无路，柳暗花明又一村"。

懂棋的人都明白一个浅显而又深刻的道理"观棋不语真君子"，但真正能做到的人很少，所以，如果你的亲人、好友是棋友，请不要无故指责他们，因为他们下的是棋，悟的是人生。转眼间，车子已消失在茫茫的人海中，只是我也随着那棋子进入了遥远的战场……曾经，我几乎天天在那个象棋摊，约上三五好友尽享棋中的快乐。

如今，不在那住了，在那下盘棋竟成了奢望。多么熟悉的地方啊！又是如此的陌生！我想人生也是如此吧，曾经的一些东西，在我的记忆深处是无法抹去的，因为它承载着我们的青春、承载着我们走过的路……可如今，一路走来过去让我们山盟海誓、死去活来的东西已成为烟云过往，淡淡的漂在空中，有的只是美好的回忆……渐渐地车子远了，远了……

2019 年 3 月 19 日

灌溉渠

醉看空中月夜明，
静听河中水流声。
明月伴我徒步行，
河水为我献歌声。
众人皆睡我独醒，
笑迎春风浇灌中。

春夜寒风大作

阳春三月杏花开，
未曾赏花香自来。
白天单衣汗湿襟，
谁知夜晚寒来临。

2019 年 3 月 20 日

85

子夜心语

　　夜已深了，人们大都进入了梦乡。因为有许许多多的树未曾浇灌白天又忙，索性趁着夜深人静之时，与河水共流、与树木共舞。

　　一个人在树林中，静静地听河水的流声，抬头不经意间望见了空中那轮明月。三月的天气乍暖还寒，如果不来回走动竟有些发抖。是春天来得太早了还是这冬不忍离去……在这春暖花开的季节里，我竟然又披上了棉衣。手里握紧的铁锹被我不时地翻来翻去，仿佛只有如此才会抵御这冷风的侵蚀。

　　在这头顶天脚踏地的自然中，我感觉不到自己的存在，只是作为其中的一分子延续生命的轮回罢了。夜异常的静，除了流水声和风声，只有我心跳的声音了。我不知道究竟自己想说些什么？但我很清楚自己有话要说，因为我是一个有故事的人，一个夜间不安分的人，不说终会自己难以承受的……

2019 年 3 月 21 日

喜　鹊

一只喜鹊立水中，
低头觅时林若空。
春风阵阵羽毛吹，
人到跟前无意飞。

2019 年 3 月 21 日

清明所思

"才过清明，渐觉伤春暮。"宋代词人李冠的《蝶恋花·春暮》中这样写道："遥夜亭皋闲信步。才过清明，渐觉伤春暮。数点雨声风约住，朦胧淡月云来去。桃杏依稀香暗渡。谁在秋千，笑里轻轻语。一寸相思千万绪，人间没个安排处。"诗词字里行间反映了作者伤春、惜春之意。

殊不知，千百年过后的今夜："春风迟来寒风归，夜空之上月全埋。杨柳争把春来报，子夜把盏茶代酒。问苍天，今宵何至醉归处？询大地，明日把酒问青天！心有事，难平息，只待夜深人静时。我已有醉意，只不过茶不醉人，人自醉。酒不交心，心自焚。只寻得人到中年白发鬓，人到难处无人津。"

此刻，坐在书桌旁，手捧着那盏茶，闻着茶叶的香气和茶水的热气，我陷入了沉思。想起了这些日子中的点点滴滴，想起了这些天来的努力不止，也想起了小时候清明的时候。时光如梭，日月如飞，转眼间儿时的那个光着腚的小屁孩，如今白发鬓生，已至不惑之年。记忆的深处，是童年的时光、是少年的无知、是学生时代的努力和拼搏、是青年时的四处流浪和无助，是深夜只身一人手执酒杯的缩影。

"才过清明，渐觉伤春暮。""刚过寒食，寒风又来袭。"我心有语，无奈说与谁人听？君不见黄河之水天山来，怎奈今日我已无力撑舟过天阶，只盼得子孙后代多幸福。

马路上偶尔有急驰而过的车辆，已不再有白天争相鸣笛的喧闹，为寂静的夜增添了些许动静。我手中的盏已渐渐凉了，茶水不见了热气，明天我要工作。到这儿吧！就到这儿！醉茶之语，切莫怪乎！

2019 年 4 月 7 日零时于望岳村

春 雨

　　春天是个美丽的季节，万物复苏大地一片生机，不知不觉中进入了绿的海洋。一连几天来，细雨蒙蒙，给大地带来一丝丝凉意。似乎与这个春暖花开的季节有些背离，却又平添了些许诗情画意。

　　我把车子停在了路旁，路的两边是几行柳树，万千枝条随春风飘摇，似在微笑中向我这个过客点头致意。柳树的排序整洁而又美观，但每一棵柳树又各有千秋，呈现万种风情。贺知章的《咏柳》："碧玉妆成一树高，万条垂下绿丝绦。"便是对这初春柳树最生动的写照了。王维在《渭城曲》中写道："渭城朝雨浥轻尘，客舍青青柳色新。"虽无意写柳却情谊颇深，"劝君更尽一杯酒，西出阳关无故人"，道出了朋友间依依不舍的心情。韩愈在《初春小雨》中写道："最是一年春好处，绝胜烟柳满皇都。"而诗的前两句"天街小雨润如酥，草色遥看近却无"则写出了天地合一、错乱有序的景色。

2019 年 4 月 11 日

晚饭后的漫步

　　一场小雨过后，空气格外清新。忙碌了一天后，身体略有疲惫，于是饭后便去了马路旁边的空地里走走，散散心。天空中繁星密布，一轮明月在头顶映衬着大地，给这春夏交织的夜晚增添了些许光亮。小河边蛙鸣声一片，与马路上来来往往的车辆交相呼应，仿佛又回到了那个遥远的地方。

　　春天的风虽有暖意却也伴有阵阵凉意，古人云"春捂秋冻"，我本来不胖的身体哪经得住这夜晚的不速之客，索性穿了件棉衣，为自己保驾护航。我眼前不远处的杨树已枝叶并茂了，夜晚见不到一点绿色，但都似天兵天将般整齐地排列在一起，很是威武壮观。透过树的缝隙和树梢，依稀看得见远处的星星，一闪一闪，是挑逗又像是招手。我竟慢慢喜欢上了这乡村的田野，这田野上空的月色和这月色之下的夜景了。

　　多想这样一个人静静地待在这儿，远离白天的喧嚣，远离生活的起起伏伏啊！但这样的愿望，至少在现在，还是像仰望星空一样，可望而不可即。这我是知道的，是应该明白的。我站在那许久，当接到儿子的电话，我便不再留恋这美丽的夜景了，毕竟他只有二周岁多一点，自己已经能背上几首古诗，也能接打电话了，而这在我心中便是承载着满满的希望。于是，我抬起了头，眼睛望着远方……我要回家！

2019 年 4 月 14 日于黑里寨望岳村

乡间的小路

晚饭后，我一个人朝着田野的小路走去。因为天长的缘故，天还很亮，远远地还能看到绿油油的麦田和路边的树。乡村的春天异常的美丽，单是一望无际的麦绿便让人心旷神怡，更不用说整个村庄和田野都在绿色的怀抱中了。

我边走，心里边想着心事。生活的原因，很多琐事让我无暇顾及太多的风景，更没有在意自己的身体。有时，一个人顶着满世界的压力，很沉、很累、很辛苦。我边走，边思索，仿佛在做了个梦，步伐轻盈但又迈不动。我知道再多的苦也要坚持，再多的困难也要克服，只是希望在春天的日子中不至于饥寒交迫罢了。

谷雨前的春天，气温还比较舒适，我虽然只穿了件单衣，却依旧没有凉意。望着田野的一片绿色和小路上过往车辆的痕迹，我在轻声地问自己："人海茫茫，何处是我生命的归宿？"看过历史，读过书籍，却未曾真正明白生命的全部。表面的光鲜难以掩饰内心的苦楚，人生的起伏足以让人迷失来时的路。我望着太阳落山的方向，不由长叹，却又止住了西去的脚步。我知道，没有人会在意此刻已沦落天涯的过客；我知道，没有人能体会此时穷途末路的自己。我只能一个人漫步，只能寄希望于这田间的小路。天空中有一抹白云，白云的四周空气略显阴沉，但那片云依旧美丽、依然令人向往。不经意间天渐渐暗了下来……绿油油的麦田变成了黑压压的一片，我呆呆地立在那儿。想说些什么？我能说什么呢？我想，也许，天亮以后，一切会好起来的……也许会是吧！

2019 年 4 月 19 日

酒语杂文

夜，很深了。躺在床上，翻来覆去怎么也睡不着。我其实并不喜欢这漆黑的夜，伸手不见五指，在满是黑暗的屋子里，一个人躺在那。夜，静的有些可怕，仿佛一根针掉在地上也能听得见。我没有开灯，只是借着手机的光亮打些狂语。

我的内心，此刻一片空白，没有什么概念，只是酒精的作用还未退去。想大声喊，哪儿还喊的出来啊。这些日子以来，已经够辛苦了，只不过在这寂静的夜里除了写点东西，其余的一切都无法描述我自己。书读得多了，便成了呆子；工作得认真了，便成了傻子；我只埋头苦干，却竟颠倒了黑白，浑身的力气都在梦中度过。

我非常讨厌酒，却无法割舍对酒的厚爱。我本不爱酒的，但的确又在徘徊无助时想起了它。有些人不懂我，这很正常的。每个人都有自己的生活，就像三毛，一生中每一次爱都是真爱，都那样让人伤感却又迷恋。有时候糊涂点真好！真的。

我隐约地感觉到，在这子夜的时分，也有人和我一样，难以入睡。或许，这漫长的夜，会有太多的煎熬；也许，这寂静的夜，会有很多的伤感。此刻，都不再重要了，因为酒精的麻醉已让我躲闪不及，没有了挣扎的力气……我一个喝醉了酒的人，心再真诚，一觉醒来，一切都会过去……索性，醉就醉吧！一醉方休，不醉不睡……就此，休息。

2019 年 4 月 20 日

今起微笑着面对整个世界

清晨的一缕阳光折射在卧室内，连日的疲惫因这闯进来的不速之客消失殆尽。

推开卧室的门，便是一片蓝天，天上白云在蓝色的海洋衬托下，甚是美丽。再向外便是大门了，农村的四合院在这美丽的春季已没有了炫耀的机会。轻轻地推开大门，顷刻间一片绿的世界映入眼帘。从门前的槐树，到近处的杨柳再到远处的麦田，整个眼前的世界都成了绿色的风景。枝头上几种鸟儿清脆的叫声，更是伴着没有旋律的音乐，闯进了我的心中。

这是大自然的旋律，这是上天的恩赐，是在灯红酒绿的世界里无法比拟的，更是无法体会到的。单单是枝头上追逐戏闹的麻雀，就已让人有了童年的味道了，更不用说树林里喜鹊美丽的身影和漂亮的外衣了。我被这眼前的美丽陶醉了……

人们背上行囊，或爬山、或游河，甚至乘高铁而或坐飞机，遍走整个中国甚至是世界，除了行走的距离，单在美上的收获也不过如此吧。"真正的快乐都是免费的。"我更加坚定不疑地相信了这句话。

不经意间，胡同上方的电线上两只可爱的小燕子不知什么时候站了上去，是兄妹？是恋人？是朋友还是在这无际的宇宙中的偶然相遇？我不得而知，但有一点我确信无疑：它们的世界干干净净，没有金钱的诱惑和由此带来的丧失理智的猜忌和功利性的心态。它们也随时面临着狂风暴雨的摧毁，也时刻面临着猎物猎杀的风险，弱小的生命时常会遭到威胁。

然而，所有的一切都是外界所致，都在这弱肉强食的宇宙法则中前行。它们之间，从来不会像某些高级动物一样，物欲横飞、相互诋毁，甚至为了目的不择手段，哪有什么亲情？哪有什么友情？哪有什么良心？如果说有，也是在若干年前，在地球还是干干净净的年代……

不过，这眼前的绿的世界倒是实实在在的，电线上的小燕子更是团结甚至是友爱的。明白了这些，我不再愁眉不展了，而是脸上露出了微笑。我知道，山有峰顶，海有彼岸，真情自有，世界依然是美丽如初，一切美好终会到来。人总是要慢慢长大的，经历了很多事后终于明白："一切美好就在身边，一切希望就在眼前！"

世上哪有救世主，除了我们自己谁都不能让我们走过泥泞，除了我们自己谁都无法让我们从过去的黑暗中走出来。"人生最大的敌人就是自己！"直到今天这句话才让我彻底领悟，这迟来的教诲终于让我眉开颜笑了。今天起，我会微笑着面对所有人；今天起，我会微笑着面对整个世界……

2019 年 4 月 23 日

女人花

女人如花，自有花开花落之时。夏天的女人更是漂亮，走在街上宛如公园中里朵朵鲜花，五颜六色让人赏心悦目，令人赞叹不已。

写这篇文章之前着时考虑再三，但最终还是要写出来。一来是为了赞美女性的美丽，二来则是写给那些会欣赏的、有爱心的读者。说女人如花，依我看来恰如其分，恰到好处。这个世界按照惯性思维和正常发展，无非就是女人和男人。之所以把女人放在前面，是对女性的尊重，更是对我们自己的呵护。谁人不为母生？十月怀胎，天下母亲历经幸福和痛苦，冒着生命危险为这个世界带来了新的希望和生机。一个新的小生命来到这个世界，从一声啼哭中开始了漫长而又短暂的征程。这是女人的骄傲，是每一个母亲的自豪！

不论贫穷还是富有，不管乡村还是城市，躺在产床上的母亲都是最最美丽、幸福的女人，没有什么比孕育一个新的生命更为伟大的事情了。有人把父爱比作高山，那么母爱用大爱来比喻一点不过，母爱宽广而又温柔，母爱无私而又无限。人们来在这个世界，原本是个奇迹更是件幸福的事，但随着社会的变化和人类价值观的不断变化，有了各种各样的个体，出现了各种各样的人生。有些人生下来时尚且能称为"人"，但成年后便不配称其为人了。之所以如此说，是因为有人不孝，不知道当初母亲生他时是多么的痛苦和艰辛，眼里没有母亲的人在我笔下叫作"畜牲"。这个世界到底有多少畜牲，我不得而知，但真实的存在倒是客观事实。我们不用刻意去谴责，人在做天在看，等有一天叶落归根时他们自然会明白一切……好了，不提这些深沉的话语了，再来欣赏一下女人的美丽吧！

每当夏季来临之时，便是女人的世界了。"士为知己者死，女为悦己者容"，女人都爱美，但如何理解和欣赏则大相径庭。

如果把世界看作是一座城市，那女人便是这城市中最美丽的一道风景线。懂得欣赏，会欣赏，敢于欣赏，其实是对女性的尊重和赞美。脱离了低级趣味的世俗的眼光，女人就是最美丽的艺术组合。女人的一生如花，散发着童真的年代称为未来的花朵；情窦初开的年龄则像玫瑰花一样悄悄绽放；走进新婚礼堂的女人某种意义才能称为女人，也是女人一生中浪漫的开始；中年的女性则是成熟的美丽，透着一种伟大、稳重的气息；老年的女性，如朝阳西下时晚霞般美丽，一生的光辉映照在满头银发之上，慈祥而又严谨；长寿之星的女人鹤发童颜，如叶落之前完成了一生的使命，与这个世界做最后的拥抱，这是人间的大美，是宇宙中的最高境界。

女人一生大抵如是过程，也有例外那便是单身的女性，她们看待这个世界是一种与众不同的美，自身的美丽加上独到的唯美，就如这个城市中的夜景，美丽而让人向往。

女人如花，花开之时便似这初夏的季节，万般风情，淡妆细容，如微风般吹拂似流水般温柔。夏天是花的海洋，这不同是普通的花开而是这个世界上最美的花，女人花。欣赏是一种境界更是一种享受和乐趣，会欣赏的人生命比一般人要长寿许多。不但男人欣赏女人，女性更是相互欣赏且互相赞美，这更是女性美丽的一面。

时间缘故暂且至此，随遇而安，望见谅。

2019 年 5 月 5 日

小清河上的夜晚

写这篇文章的时候，天已微亮，东方的天空泛起了一条长长的彩霞。我一个人静静地坐在车内，收音机内放着音乐，清雅而让人仿佛进入其中。

我透过车窗看见周围的一棵棵杨树，像齐整的士兵在向我致敬，又像是做最后的道别，它们在生命的最后一刻依然挺拔高纵没有失去令人尊重的气质。也不知经历了多少次风吹雨打，也不知过了几个春夏秋冬，终于在这个初夏它们要告别地球，化作另一种方式延续着生命，为人类服务。

有些人抱怨满天飞舞的杨絮，殊不知杨树带给这个地球的利益远远大于这微不足道的雪花。它们每天释放着大量氧气，维持、调节着大自然的平衡，在带给人类经济利益的同时，如春蚕般"到死丝方尽"。对杨树没有很深了解的人，有什么资格对它们指手画脚啊！我虽是一个普通的树木经纪人，但我把它们看作是这个世界上最了不起的树种，种植范围广，生长能力强，应用用途广，浑身上下都是宝。就连那一片片绿叶也是释放氧气的窗口，叶落化作肥料归根，维系着土壤的养分。它们不论黑天白夜屹立在那里，为我们守护着世界的生态平衡。那满天飞舞的"雪花"是在向世界庄严宣布："吃水不忘打井人，不要没有了良心。"不接受这鸿毛般的微不足道的缺点，哪有资格躲在它们重如泰山的大爱中享受它们用生命编织的一切。此时已是清晨五点，天已大亮，我依旧坐在车内，想起了昨天夜里我一个人蜷缩在车内，抱着冷得发抖的双腿，几次冻醒又几次睡去……

我知道黑暗已经过去，黎明已经到来，我不必再为寒冷、饥饿发愁，再坚持一会，再坚持一会……在小清河边渡过的这个夜晚，将会永远留在我的记忆中，将会和我的生命一起奋斗不止。

2019 年 5 月 7 日

那年的五月

又一个夜幕降临了，天空中偶有星星闪烁，周围异常的宁静。池塘中零星的蛙鸣声，丝毫没有打破这寂静的夜。

收音机中一首首老歌把我带到了那年的初夏，那是 2003 年的 5 月，那一年的五一我和妻子订婚了。清楚地记得，全国非典开始蔓延，各地相继开始了防疫措施。就是在那个五月，我和她，我现在的妻子走进了爱的长廊。

那时家中条件不是很好，我花了五块钱给她买了双鞋，又花了五块钱买了个小黑狗，取名"黑子"，算作订婚的礼物了。多年之后，妻子每每提及此事虽眼中含着泪花，但依旧有怀念和留恋的幸福感一闪而过。我淡淡一笑，几多的无奈几多的愧歉，直到今天，我始终忘不了那个动荡的五月，那个开始我人生走向成熟之路的初夏。我和妻子是校友，同校但不同级，由于在学生会工作有幸结识了小我两岁的妻子。

也许，命运和人生在不经意间的一刻，一个眼神便定格在了那无从预测的未来。也许，生命中的有些人，终会到来，或早或晚，一定会陪伴我们走过一段人生的历程。当初和妻子的相识，便是生命中该遇到的那个人，这是生命中不可缺少的部分，更是人生的幸福旅程。由于在兄弟十二人中，我排行为二，又比妻子大两岁，所以结婚后我们互相戏称"二哥"并且一直叫到了现在，叫了十六年。以至有了儿子后，他年幼无知也跟随妻子喊我"二哥"，令人哭笑不得。

今天的深夜，妻子打电话给我说头疼，搁在以往我搪塞几句便又下开了象棋了。可是，今夜我听了却心里异常担心而且心中一股热流涌上心头。结婚十六年了，妻子虽小但很是疼我，没有浪漫的婚礼，没有名贵的首饰，更别提远方的旅游了。可是我带给妻子的，总是少得可怜，妻子半开玩笑地问我"你爱我吗"？我点点头，"那你哪儿疼我，具体说上一两件吧"！我半晌无语，那一刻我眼里闪烁着泪花……

近几年，由于经常漂泊在外，彼此间沟通少了，以致有时两个人面对面，欲言又止，但我明白她依然爱着眼前的这个男人，哪怕他现在处境艰难。这也许是许多人的同感，但我更感觉到家的温馨和她的善良。自那时起，每逢外出便常常想起她和孩子，想起在家的分分秒秒。作为老公，我也许真的不称职，很少做家务活，不是懒而是事物琐碎心难静下来；作为父亲，我的确很失职，很少在家陪他们，不是不想而是很少有时间。

当然，这不能成为理由，只是我安抚自己的借口罢了。所有的一切，今晚在这寂静的夜里，随着音乐旋律的响起，我彻底无眠了……

2019 年 5 月 8 日

献给母亲节的礼物——心语

再过半小时便是母亲节了，每逢这个节日我总是心中有无数的话想说给母亲听。母亲去世已十周年了，我常常怀念母亲，常常人静夜深时一个人默默地流泪。没有了母亲的呵护和唠叨，我觉得自己像是缺失了半边天一样无助而又委屈，常常在惊醒的梦里回忆无忧无虑的童年。

随着年龄的增长，对母亲的爱也倍加珍惜，对母亲的不易更加理解和自责。年少时的轻浮和幼稚，带给了母亲许多烦恼和无奈，也让她操碎了心。真正地知道疼母亲是从结婚的那年开始，也就是2003年的冬天，由于家境贫寒，除了一套四合院，家里几乎没有像样的家具和家产，更别提彩礼钱了。母亲哭着对我说让我自己想办法，我能体会到作为一个母亲那一刻她内心的伤痛和无助，我永远不会忘记那一年所发生的一切……

在我的记忆中，别的孩子上学父母都是送到学校，而我只有一次，就是那年高中毕业后去滨州上"大学"母亲送我到了村头的马路上，这是第一次也是唯一一次。上车的那一瞬间我的眼泪夺眶而出，向正在目送我的母亲挥了挥手，便踏上了人生的征程。

这么多年以来，我曾试想写一篇背影，去表达对母亲的思念之情，却一直未曾实现。我可以自豪地说，虽然我的文笔与朱自清相差甚远，但背影后面的那个人的爱却一点也不少甚至更深更广……有人说人生只有三天：昨天今天和明天，我属于怀旧的人常常生活在昨天的情景中，无奈而又努力地生活着，为了明天的希望牺牲了太多太多的今天。我经常在思索"人活着到底是为了什么？"是宇宙中的万物更替还是为了某种使命？这个五彩缤纷的世界上，有太多的事无法看懂有太多的人无法看透。有时为了所谓的利益，失去了人格。每每此时，我便对这个世界充满着好奇和疑惑，对人类的不断进步和发展而担忧。

因为母爱，使我们每一个人来到了这个世界，带着各自的使命开启了生命的旅程。人生，本就是在无边的苦海中挣扎，只要确定了上岸的方向便有了为之奋斗的目标。成功也好失败也罢，只是代表一种结果而已，真正的精彩在于我们拼搏努力的过程。有的人活着，他已经死了；有的人死了，他却还活着。多么富有哲理而又非同寻常的语言啊！

作为一个普通人，没有什么是比好好地活着更有价值的事了，这是对生命的尊重更是对母亲的怀念和感恩。只是，在活着的过程中，要懂得向善，要懂得心存感激，要懂得凭良心做人做事。这便是人生存在的价值精髓，这便是为人的根本所在，更是所有母亲的最初愿望。已是凌晨近一点了，我有些累了，但依然祝愿天下所有母亲幸福安康！也希望所有儿女好好活着，尽一份孝心，人生苦短，要懂得珍惜，仅此而已！

2019 年 5 月 12 日凌晨

午后遐想

炎热的夏天终于到来了，万物也在阳光的沐浴下竞相成长。夏天的午后，树枝也懒得摇动，仅有一丝微风吹过，并无一点凉意。冬天寒冷时总是期待着夏天的到来，如今真的来了却……

坐在树下，冲一杯热茶，望着绿林丛中的阴凉呆呆发愣。午饭后最美的事情莫过于小憩一会，哪怕是一刻钟也好。千万别小看这短短的十几分钟，下午工作起来可是精神倍增，益寿延年啊！可惜，我总是没有那享受的福气，常常两三点左右还没吃午饭，只能望着树林深处的那一抹深绿兴叹了。问自己也不知道天天忙的什么，有时还挨批评。昨夜十一点由于有点麻烦事，忘记了一点工作，领导说我没有责任心。我无语了……

我在问自己，早上五点出门，晚上十一二点回家，两个孩子也顾不上照料，竟是因为自己没有责任心。我从心里赞同领导的批评，真的。我的确没有责任心，常常忘了一些工作，就连孩子也没时间接送，难道这就是我追求的所谓理想？难道这就是我奋斗的所谓目标？我手里端着那杯热茶，久久无语……

2019 年 5 月 14 日

乘车随想

时隔十年之后，为了生计我又一次踏上了南下临沂的路。与十年前的事业辉煌不同，这一次是在我人生低谷的时候做出的决定。

乘坐发货的货车一路颠簸，七八个小时后终于到了客户家。来不及洗漱，便匆忙开上客户的车子一路拜访客户，一个一个又一个……连日的奔波，嘴上火起了泡，强忍着疼痛和困倦，一上午的时间行程一百五十多公里，拜访了十几个客户。

有谁还知道，曾经在这片远离故乡的土地上我创造过怎样的辉煌？有谁还记得，曾经在这片土地上有多人知道我的故事？如今，我只身一人又一次重返这片故土，要重新缔造人生的第二次辉煌。这里，有我的亲人。这里，有我的朋友。这里，有我的过去……

拜访完客户便踏上了返回的客车。在临沂长途汽车总站，停留的一刻，天空突然降起了大雨。黑压压的乌云遮挡了大半个天空，大雨顷刻间覆盖了整个眼前的世界。所有人除了我都纷纷拿起手机或尽情地享受这炎热的夏季赠送的凉爽，只是我的内心正在挣扎，在汹涌澎湃的大海中寻找来时的彼岸……

雨终于停了，作为一名过客我要离开了。去往淄博的返程车上零星的有七八个乘客，大家都在玩手机，车内静得很。我闭上了眼睛，听到了下雨声，哪来的雨啊？于是睁开眼，车内依然寂静，只是车顶的空调还在拼尽了全力工作……

我向窗外望去，外面绿的世界与我背道而驰，飞快飞快……大脑一片空白，没有了一点记忆，只是一个人呆呆地发愣。似曾有过的场景，似曾相识的境遇，是幻觉还是之前有过？我闭上了双眼，任凭泪水流淌……

2019 年 6 月 8 日

办公室里的日记

　　曾经无数次想过如果让我一个人坐在办公室里，我会干些什么？今天，这个愿望终于实现了。我坐在办公室的椅子上，打开了灯塔在线看了几段视频，听着里面主讲老师的讲课，心中有种莫名的感觉。

　　之前，好多时候都是为了完成任务而去答题或学习。今天，坐在办公室里静下心来认真听了听，竟有了诸多收获。我不知道是连日来工作压力大还是好久没有写点东西了的缘故，我竟然走到书柜前翻山倒海般翻阅那几百册图书。一番折腾过后，有一本《北大日记》的书吸引了我的目光。是对校园生活的怀念还是对这种文字性工作的热爱，我不得而知。翻了几页，北大才子的文笔我根本不用评判，正如文中有一大一女孩写道："我写写小品尚可，但绝难成为一流作家；虽然内心强烈认同沈从文，但决计不做沈从文第二；然而我又不能像今日如同周国平那样地生活，一则是我以为我的思想深刻度还远为不够，二则对我的文字才华，我实在无太多自信。我感到的思想深度只在俗人之上，却在哲人之下；我的文笔只在俗人之上，却在诗人之下……"

　　我读了好几遍，又思考了许久。书卷依然翻在那页，我望着天花板上的吊扇呆呆发愣，内心被一种多年来的情怀冲击着……我知道，表面的平静之后是一种对自由生活的渴望和向往；我懂得，一个爱唱歌的人如果突然一天嗓子不好了，那是一件多么痛苦的事；我不解，为什么人生总是在南辕北辙中走过；我疑惑，是否有一天自己也会迷失在这人海茫茫的社会中。

　　在风扇呼呼的风声中，我拿起手机想要记录下这一刻的心声。我明白，有些时候只要心中有蓝天，走到哪儿都能看见太阳；有些时候只要梦想还在，到哪儿也有奋斗的机会。有时候，奋斗的过程才是生命中的景点，至于结果，则是人随天意了。

2019 年 6 月 15 日

生命的价值——工作日记一则

清晨睡意蒙眬中被一阵铃声惊醒了，急忙中一个翻身立马到了床边，一把拿起手机一看：旱厕改造维修队已然来到了。再看下时间 5：45 分，多想再睡会呀！已经三四天了，早晨饭和中午饭一块吃，有时一上午连口水也来不及喝，天天围着厕所转。

前几天每到夜晚我总是在想在思考，难道上了这么多年学读了这么多书还是在重复着我的"老职业"（劳动委员从初中到大学都是）吗？难道这就是我人生的归宿？更难以接受的是，我和我的委员好多次用手裹上点布或垃圾袋用手一点点去为户里擦厕所……真的，几乎有点崩溃了。简单的洗漱完毕，便急忙出门了。十几个村民男的女的两支队伍已是准备就绪，短暂分工过后，男的干重活女的打扫卫生，挨家挨户分头行动。

刚开始几个小时我还像往常一样坚持住，一直到了九点了我突然觉得肚子疼，头上直冒汗。咬牙挺着吧，汗珠子从额头滚了下来，实在疼得受不了了，我蹲地下再也没力气站起来了。当时我在想：自己这么拼又不是战争年代上战场，值吗？何况为了这个旱厕有多少人骂我不干点正事（指浇地抗旱）。孩子放学不能接，家长会没时间开，二周岁多的儿子从早到晚喊着找爸爸……

说实话，无数次了我曾经动摇过。我在想：天天在村里不是卫生就是旱厕，不是交通就是扶贫，究竟有多大意义？是否这生命中最好的年华将用五年的时间消失殆尽？把青春的希望留在这乡村的旱厕内？好久我无语。

正当我感到难以忍受的时刻，干活的村民从家里拿来了药，八粒药片我一口吞下喝了一杯热水。我忍着疼痛坐了一会，略有点好转便又开始了转厕。我同内心深处的自己在斗争，泱泱大国农村基层工作者数以万计，我这是要夺"状元"吗？如此想着，便笑了，天知道那笑比哭还难看！如同噩梦般坚持到了十一点，管区一个电话说环境保护局要来村里，有人举报有异味。于是，头也不疼了，骑上电车便飞奔而去。

要知道为了一把火扣了五百元工资，这出点事这一年白干了。我也得养活老婆孩子呀！还算顺利，交代完工作半小时后终于可以回家了。一到家便躺在床上，再也不想动了。迷迷糊糊听到儿子叫爸爸，应该是让我吃点东西。抬了抬头便又睡着了……

直到两点多了，生物钟太准的原因，我坐了起来。打电话给工作人员，便又去了工地。与上午不同的是，下午精神好多了，喝了些热水也觉得舒服多了。不知为什么，在来回奔跑的路上我竟然有了一种充实感。说不上是高兴也说不上是伤心，只是觉得有种似曾有过的满足感。于是便于联想到了时传祥，这个记忆中曾经有过的名字。

也许，人们常说的普通的岗位也能实现人生价值就是这样吧？也许是吧！昨天虽然有着许多珍贵的回忆，但它已在日月的轮回中悄然逝去；明天虽然承载着希望和梦想，但它在我的生命中终还没有出现；只有今天虽然有着诸多的不满意，但它却实实在在地出现在我眼前。努力吧！拼搏吧……当下一个太阳升起的时候，我会骄傲地对自己说：我认真做了力所能及的工作，我不后悔……因为每一天的积累，便是我生命的价值。

2019 年 6 月 30 日

论学习的重要性

毕业正好二十周年了，今天刚好坐在办公室里值班便毫无章节的续写此文。内心深处确实有许多要说的话，虽然此时此刻没有听众在场但是我依然要把这些积压已久的话说出来。

其实，到了这个年龄再去谈学习，除了专职和学者外我想多数人也会觉得有点心有余而力不足。之所以谈到学习是因为这段时间我一直在坚持学习：由中宣部组织的"学习强国"活动。刚开始没有认识到学习它的重要性，以致在早上起床、中午午休、晚上乘凉的时间听听广播、偶尔翻阅一下文学性较强的文章，目的是为了多积分争个名次。直到今日答题次数多了，才渐渐察觉到了自己的知识是如此贫乏，以致以前好多在嘴边的唐诗、宋词、元曲及明清时代的佳文已忘得一干二净。就连毛主席的一些诗词也只是看了上句才能对得上下句，更别提有关天文、地理、中药和发明了。

联想到此不由害怕起来，原来时间一长很多知识已经不再属于我了。想当处，《出师表》我曾经一个标点也不错的背诵，可今天背上几段便不得不让人提示了。挑战答题上有诸多诗句之前都是倒背如流，如今也只能望洋兴叹了！我想除了年龄的因素，忽视淡忘了学习是更主要的原因之一。每每捧起书本心中便有种亲切感，只是能如今天这样一个人静静地坐在这儿读书写作的机会又有几日啊！除了工作还要生活，三毛和荷西的故事在信用卡面前已是苍白无力；高尔基的《海燕》对我也成了一种奢望。

想到了张雨生的《大海》便忍不住流下了眼泪，没有了一起听海的激情有的只是自来水哗哗的响声。曾经的《十六岁的花季》如今已经不属于我们而是属于我们的孩子了；当年遍走海角天涯现如今县城老家办公室一线三点。"落红不是无情物，化作春泥更护花。"也许这将是下一刻我们这一代人的归宿。

所以在有限的时间内，我又重新认识到了学习的重要性。不再去读什么金庸的作品在我看来那是打发时间而已；不再去留恋汪国真的诗，已经与我们相距太远；更不去学什么勾股定理、高等数学了，菜市场现在现金都不用数了……

不过有一门曾经都头疼的课现在很有必要学习，那就是体育。身体是革命的本钱，健康的身体是我们行动的指南，可适当翻阅书籍或从媒体学习锻炼方法，俗话说"饭后百步走，活到九十九"这是有道理的。适当的体育锻炼对身体很有帮助，比如全民竞走之类。除了体育当下我们要学的东西很多，建议是选择提高自己内身修养的书籍，或者是提高人生层次的书籍；也可以选择一些教育类书籍以为正确教导孩子。当然这还要因人而异，我只是说说罢了。

　　像马克思主义、毛泽东思想、邓小平理论等专业性较强的哲学类书籍，只有雄厚的功底才能真正有收获。一般的来说可看些古典名著或许听书也行，只要学习就会进步。所谓"活到老，学到老"就是这个意思。总之，只要我们不放弃，只要我们肯努力，一切皆有可能……最后让我们以曹操的诗词《观沧海》作为结束语。

《观沧海》

　　东临碣石，以观沧海。水何澹澹，山岛竦峙。树木丛生，百草丰茂。秋风萧瑟，洪波涌起；日月之行，若出其中。星光灿烂，若出其里。幸甚至哉，歌以咏志……

2019 年 7 月 2 日于望岳村

浅谈农村改革的必要性和复杂性

党的十九大报告指出："农业农村农民问题是关系国计民生的根本性问题，必须始终把解决好三农问题作为全党工作的重中之重。"

当前我国农村的发展正处于前所未有的挑战期，既有机遇又面临挑战。在生产力显著提高的今天，挨家挨户单打独斗的经营种植模式显然已经不能跟上时代发展的要求。在某种程度上来讲，甚至起到阻滞作用，与精益求精背道而驰。广大农村长期以来形成的小农意识严重阻碍了农村集体经济的长远发展，部分农民过分依赖土地并狭隘地理解本轮土地的承包期延长。这对当前农村工作的开展、对农业现代化进程的发展都起到了严重阻碍。更有人长期占用集体资产、资源，致使村集体经济形同虚设，农村改革势在必行。然而一个现实的问题摆在我们面前：怎么改？从哪儿改？改后村集体经济发展如何有效促进……一系列问题等待解决。

农村改革无非就是"资产、资源"问题，说得通俗一点就是土地试点改革。属于村集体的一厘一毫也不能流失，承包到户的要想尽一切办法收回来由集体统一经营，但前提是村集体有单独经营种植的能力或者第三方统一管理经营也行，真正从土地上下功夫，做文章，要效益。成立合作社也好，土地入股分红也好，关键在于用科学有效的种植模式和集约型管理模式。

只有土地上产生了效益，"有钱了"或者土地上间接产生了收益比如立体种植、旅游观光、绿色蔬菜水果等等。才能真正起到了增产、增收节约资源的作用，受到广大群众的认同和支持。近年来一些地方大搞特搞所谓的"土地流转"，其真实目的不是向土地要效益，而是借土地这个载体实现其他目的。可能一两年甚至三五年有短暂性效果，但时间一长注定是要失败的。要想真正把农业农村农民问题解决好，我认为需要具备以下几个条件：

1. 主观方面

首先作为政府部门应该充分调研、论证改革的成功性和困难性，要有耐住性子干事创业的精神。农村问题的复杂性由来已久，不是一朝一夕能完成的。如果过于追求进度而忽视了其中存在的矛盾和隐患，可能在部分地区或村庄取得了成功，但由于改革不彻底、不深入会导致农民对改革的错觉，为真正的、全面的改革带来障碍，所以，改革前需要做大量准备工作。

2. 客观方面

当前农村仍处于发展期，农民的思想认识问题是农村改革首要解决的重大事项。只有让农民真正认识到了单打独斗的弊端，并真正体会到或者见到集体统一经营、管理带来的好处，他们才会发自内心的拥护并支持改革。所以加大思想宣传、教育是改革前必不可少的环节。单纯地依靠行政手段推进改革必会事倍功半，甚至功亏一篑。要利用文化下乡、科技下乡的机会，加大对高效农业、集体合作社的讲解和宣传。要让广大农民明白："大河有水，小河满；大河无水，小河干。"积极勇于"舍小家，顾大家"，齐心协力建家园。只有真正从思想上做工作，改革才能彻底，发展才能久远。

3. 切入点

当前农村改革虽然已提上日程，但寻找一个有效的时间点介入也是非常关键的。俗话说"瓜熟蒂落""水到渠成"，只有大气候适应改革才能在改革后健康、平稳，快速发展。离下一轮土地发包还有八九年时间，这也正是中国农村在前行中探索寻求的关键几年。如果能抓住这个大好时机进行全面深化改革，将起到事半功倍的效果。当然这几年要全方位、深入农村进行宣传、引导，要有"十年磨一剑"的艰苦创业精神和"十年树木，百年树人"的长远战略眼光。

4. 后续问题

改革后会有很大一部分人从土地或者从农村解放出来，那么如何安置和有效解决他们的工作和生活，是一个无法回避的问题。这不仅仅是农业问题，而是已上升到政治高度，事关农村大局稳定，关系到农村现代化的进程，所以，当前农村改革既面临历史机遇又面临严峻的挑战，只有解决了这些问题才会引来"东风"。

以上仅是个人观点，仅供参考。不当之处，敬请批评指正。

2019 年 7 月 4 日

静夜思

忙碌了一天，终于可以躺下休息会了。连日的炎热在几场雷雨过后已是凉爽宜人，烦躁不安的心此刻已经离我远去了。夜异常地静，往日马路上的声音今天少得很。在这寂静的子夜，我有好多话要和自己说，有好多的感觉要留在日记中。

我是一个脾气很不好的急性子人，有时一点点事便着急上火。然而，这些日子以来遇事却不再冲动和着急了。不知是经历得太多还是年龄的变故，总之我慢慢适应了好多之前难以接受的事情。是一生中必经的路，还是在这瞬息万变的社会中的投降者，又或是思想麻木已没有了分辨能力，我一时真的说不清楚。我只知道自己已是拼尽了全力去工作、去学习、去生活，谁我也得罪不起，我只能把委屈、无助和一切困难推向自己。当在外面累了时我开始学着解脱，喝杯白开水出出汗把身上的臭味和内心深处的污垢一起冲出来。仿佛只有这样，我的心灵才能得到净化，思想才能得到升华。

偶尔捧起一本书，虽还是走马观花般地浏览但却已悟出了些许道理。只是，一天中又有多少时间让我去读书、去看报呢？我唯有在人静夜深时一个人毫无章节的乱说一通了！无所谓对也无所谓错，人生没有彩排下一刻无论命运如何终究会成为人生的驿站，雕刻在生命的长河之上……我感觉有些困了，就此搁笔。

2019 年 7 月 8 日

午后一刻

坐在树下，尽享风吹的快乐。三十五六度的高温下，为了生活我们仍在拼搏。热得狠了，便脱下上衣坐会儿，周围的树叶一动，便欢呼起来。天知道，虽然这点似扇子扇动的风没有多凉快，但于我们已经足够了。汗水顺着胸膛流下来，脸上头上像刚刚洗完澡，已经没有了害羞感。背心随手一扔，抬头望着半空中的树枝，渴望着一阵凉风吹来……

许多日子了，想写一点东西哪怕茶余饭后也行，但却一直未写。除了忙碌的原因外，一个更重要的原因便是近来读了余秋雨先生的《文华苦旅》起始几章节。

之前，没有读此书之前，自觉得还是能背诵几篇古文，能写几千字的文章的。然而，那天突然见到此书，便急不可耐地从书店偷偷买了下来，以致爱不释手。之所以说偷偷，是因为自高中毕业后我便经常买书，比如《读者》《青年文摘》《商界》《朱自清散文集》等等，但一直未有建树。故此，妻子总是认为这叫"不务正业"，只好偷偷买来了。

打开书本，便有一种强大的气场迎面而来。关于余秋雨在文学界乃至世界文坛总有一些争议，但于我只一读便有仰慕之情了。因为初读且是大家，我自然是不敢轻言评论，只有认真拜读，方能领略其思想寓意。

坐在树下，天虽热心却静，随手拿起手机随心所欲，乱写一番。望见谅，请指正。

2019 年 7 月 27 日于青城

112

秋　雨

在阴雨连绵的日子里，不知不觉中进入了秋天。

关于秋的话题和诗词和春天一样非常多，这也许源自有头有尾的中国式故事情节吧。"春播秋收"是再自然不过的道理了，更不用说秋的成熟突显的魅力了。

"一叶落而知秋"，当树上的绿叶渐渐变黄的时候，一年中的第十三个节气"立秋"便悄然登场。这是一个黄金的季节，这是一个收获的季节。金榜题名的莘莘学子要带着理想远赴他乡求学成长，烈日炎炎下的农民要把辛勤的汗水换回硕果累累的收获。

秋天，又是一个文人卖弄文笔的季节。唐代王维"空山新雨后，天气晚来秋"，让人在不知不觉中感受到了初秋的到来。唐代王绩的《野望》"树树皆秋色，山山唯落晖"把田园的美、自然的美，与秋的美巧妙结合，朴素而又典雅。

秋天，也是一个抒情而又怀旧的季节。宋代晏殊《踏莎行·碧海无波》"高楼目尽欲黄昏，梧桐叶上萧萧雨"再现了诗人远离又心有所念的秋情。

其实，秋的美、秋的景、秋的情，在历朝历代都是文人借景抒情、借情寓意。宋代的辛弃疾《丑奴儿．书博山道中壁》"少年不识愁滋味，爱上层楼，爱上层楼。为赋新词强说愁。而今识尽愁滋味，欲说还休，欲说还休。却道天凉好个秋"，把秋上升到人生的哲理高度，更是对自己怀才难遇有识之士的无奈和对自己报国无门的痛苦之情的表达。

随着时代的进步和社会的发展，古诗词已经很少有人写了，即便是写也多是打油诗，与古代已相差甚远了，但有一个亘古不变的现象，便是古代文人都爱做官，且越是文笔出众的诗人、词人，越是怀才不遇。用现在流行的一句话便是"幸福感指数颇低"，这固然有时代的烙印更多则是"文人"们没有找准自己的社会定位，参与了本来不属于自己的政治舞台。虽然说："武能安邦，文能治国。"但是这是指的文人中的政治家，比如诸葛亮、比如曹操、比如张良等等。

天下虽大，相仅一人，所以"不想当元帅的士兵，不是好士兵"这句话，今天看来不是误导，便是理解的问题了。

　　高谈阔论了这么多，抬头一看雨一直在下。由于阴天的缘故且面前的车窗玻璃挡住了我的视线，我只能看清三五米远的东西。那么以上的内容也就当茶余饭后的谈资而或笑料了，所以恳请您不要延伸更不必深思，就此道谢。

2019 年 8 月 10 日于高青

乡村的集市

记忆中的集市大多是小时候的样子，吃的、喝的、玩的、穿的、用的，凡是想象得到的应有尽有。

今天恰逢出门谈生意，正逢乡村的大集。这是一个坐落在黄河边的村子，村名便是杜集。又逢集市，村子南北走向较长一点，人来人往甚是热闹。

一个人漫不经心地走在大街上，耳旁是小商小贩的叫卖声，你停我喊、此起彼伏，让人有一种亲切感。我想可能是小时候的一种情结，也可能是看到这男男女女、老老少少为了几角钱甚至是几分钱争来争去触到了我内心深处的那根弦的缘故吧。我生长在农村，对他们的生活再熟悉不过了。之所以很少赶集，是因为我的内心有种莫名的伤感，是来自于何处，我一时半会也说不清楚。

就这样漫无目的地走着，走着……我的眼前一直浮现着刚刚一个老人衣衫褴褛的样子，他已不能再直起腰板了，双手在颤抖着一遍一遍、反反复复数那些已经旧了的成角的钱……

2019 年 8 月 14 日

利奇马

紧张的 60 小时过去了，台风"利奇马"带给了我们无数的惊险，给我们制造了接二连三的灾难。

"利奇马"没来之前，我一度觉得好笑。是谁这么有才，居然把中国人民心中象征忠实、诚信的动物"马"用到了台风之上。然而，当它真正来到时我们才感受到了它的威力。智慧的越南人民真会做生意，这下不仅仅是中国人民相信全世界都会知道越南的水果"利奇马"了，这才是大智慧。

当台风初来的时候，相信多数人对它的危害程度都没有明确的概念。更多的人则是躲在室内不停地翻动手机，或是消遣或是期待着它的到来。正如一位朋友的朋友圈说的那样，"人们期待着"利奇马"的到来，就像一位初恋的少女盼望着心中的白马王子一样，怕他不来又担心他乱来。"

终于，"利奇马"在 11 日 20 时 50 分由青岛登陆山东了。如果说它在浙江制造灾难人们还觉得遥远的话，那么就在我们的身边"滨州市邹平市"这匹快马就像断了缰绳的野马给人们带来了无穷的灾难。邹平市尚庄站最大降雨量达 692 毫米，邹平市人口受灾转移 3.8 万余人次，十几个村庄水深齐腰。这就在我们的身边，就在我们的眼前。

由此，我又想起了恩格斯的那段话："我们不要过分陶醉于我们人类对自然界的胜利。对于每一次这样的胜利，自然界都会对我们进行报复。"

是啊，记不清是哪位伟人曾经说过"人定胜天"，也许这是在一定的客观条件下吧。当灾难来临的时候，人类除了应对没有更好的抵御风险的办法了，比如地震、比如"利奇马"，但有一点我是坚信不疑的，那就是无论何时何地总会有一些人会借势而起，比如"利奇马"，不知有多少的无名英雄在过去的 60 小时内奋不顾身、见义勇为，更不知有多少老人和孩子被一双双陌生的双手握紧………他们没有出现在报纸更没有出现在新闻的头条，而是默默地付出、静静地奉献。在这，我为他们点赞向无名英雄致敬！

我想说的是另一群人，也许是少数，他们看懂了趋势抓住了"利奇马"登陆的机会。借势造势，或出名或图利或者伺机在仕途前行。这些人真的可谓旷世奇才，见风使舵的高手，佩服佩服。只是，这些建立在别人痛苦和灾难之上的所谓"丰功伟绩"又有多少水分呢？我不得而知。

当拾金不昧成了标榜的对象、当助人为乐成了评先选优的尺度、当尊老爱幼上了光荣榜……我不知道是社会发展的太快还是这变化的世界有太多的无奈，就像这匹快马一样停留了六十个小时后又奔向了远方……

2019 年 8 月 14 日

九月的第一天

八月的最后一天终于过去了，九月的第一天来到了。

坐在办公桌前，我静静地回想这半年多来的一幕一幕。新年的迄始，仍然是怀着梦一般的理想，对2019年有个新的期待。如今，农历的七月过去了，八月来到了，接踵而至的是中秋节、国庆节、元旦继而春节，按此算来我不由惊出了一身汗。相比那些拿工资的人来说，做生意压力特别的大，赔挣尚在两可之间，单就中间的琐事来说就足以让人发疯，所以，如果有来生我一定不会再做生意，真的。只是今年的生意多少有些出乎我的意料，让我在绝望的悬崖又看到了生的希望。

确切地说，如果把正月当作假期，那过去的农历七月就是半年的分界线了。中间我做了些什么呢？

我端起茶壶倒了杯茶，茶的芳香此刻飘逸在水杯的周围。橘黄色的茶水中，有几丝茶梗沉在水底，与乳白色的水杯自然相衬，令人对其清香已生向往之意。

缓缓地，我端起茶杯慢慢地品尝这象征着半年收获的茶水。一口一口像是在回味这过去的八个多月，又像是在对心爱的人倾吐着心声。当一口热茶入肚时，心里一阵阵发热，眼睛里饱含着泪花。

已经很长时间没有像今晚这样，一个人静静地与自己对话了。其实，一个人与自己谈谈心也是一种境界，是一种于无声处听惊雷的意境更是一种高处不胜寒的孤独与无奈。依稀记得那篇古文《爱莲说》中"晋陶渊明独爱菊；自李唐以来，世人甚爱牡丹；予独爱莲之出淤泥而不染，濯清涟而不妖"，又仿佛《陋室铭》中"斯是陋室，唯吾德馨。苔痕上阶绿，草色入帘青。谈笑有鸿儒，往来无白丁。可以调素琴，阅金经。无丝竹之乱耳，无案牍之劳形"……

此时此刻贾岛的《寻隐者不遇》"松下问童子，言师采药去。只在此山中，云深不知处"浮现在了我的眼前。是心境是梦境还是长久以来的内心深处的心声。我无法即刻回答，因为人生之不如意十之八九，我又凭什么要求上苍独眷顾我一人？我只有在现实的生活中去调解、充实自己更好地活着，去做自己想做的事，去写自己想写的文章罢了。

夜渐渐深了，静了。

时钟的钟摆有节奏地运行着，秒针滴答滴答地响着。除了屋顶的风扇的响声，我再也听不到这个世界的任何声音，因为一切已经融入了我的心中……

"路漫漫其修远兮，吾将上下而求索"……

2019 年 9 月 1 日

那条上学时的路

　　今晚鬼使神差般地走过了那条路，那条二十多年前全镇唯一的大路。二十九年了，快三十年了那条曾经我上中学时的路依旧在。

　　有多少回忆，有多少梦……三四米宽的公路，布满了坑坑洼洼。这曾经有着我的梦想，曾经载着我们这一代的希望。如今，时过境迁，再也回不到从前。记忆中的西红柿又酸又甜，那时没有农药的稀释更没有催熟剂和发红剂之类的东西，只有农民的辛勤和汗水……

　　如今，社会变了，进步了……可是，那条曾经熟悉的路，我却再也找不到了……

2019 年 9 月 6 日

秋分随笔

装完车回来的路上，已时晚上十点多了。车子飞奔在夜晚寂静的黄河大堤之上，两旁的一棵棵树像是一排排齐整的士兵在向我们致敬。

装卸工此时此刻在车上已经熟睡，可能是太辛苦了的缘故，就连家门口的美景也没有半点迷恋。几十公里的路程，一个小时左右便行驶到了马扎子渡口，夜晚的马扎子在夜色的笼罩下显得优美而恬静。借着天空的星星和弯月让人不禁有些许向往，如果此时能一个人静静地坐在防洪石上喝杯茶而或饮一杯啤酒那一定是一种别样的情怀和意境。只可惜我只是一个过客，而且身上有着重要的任务否则我真的会停下车子站在防洪石的堤坝之上去领略一下滔滔的黄河之水的雄伟夜景了。

送下他们后我一个人开车行驶在回家的路上，车内的音乐声和歌声占据了我心灵的全部空间。一种静而又无比充实的感觉拥上了心头，很难用一个词或一句话形容那一瞬间或者一段路程的享受，但有一点是毋庸置疑的那就是一种似曾熟悉而又陌生的感觉。

歌声所到之处，整个人心与神已融入其中，沉浸在那音乐的节奏中缓缓向前。生怕高声地随唱吓到偶尔的夜行人于是轻声地随着收音机中的编排跟着那动人的旋律附和着……

夜到深处人亦静，是否在这多数人熟睡的夜我的心又清凉了许多？是否在这星光似明似暗的夜空我的双眼又迷失了方向？我似乎要期待着黎明的到来，因为那是太阳升起的地方，于是耳边轻轻漂起了那首歌《白天不懂夜的黑》："你永远不懂我伤悲，就像白天不懂夜的黑……"

写于 2019 秋分之夜

岁月的痕迹

天渐渐凉了起来，已是到了深秋的季节。昨天夜里的一场小雨，让这个秋天变得更加扑朔迷离，也再次印证了一场秋雨一场寒的古谚。

今晚难得有片刻的闲暇，便烧了壶90℃左右的水，准备冲上杯崂山的绿茶好开始不眠之夜的工作。

眼下正值农忙之际，秋天是个收获的季节，所有的美好的愿望在这个季节都会有一个结果。记忆中的小时候，在这个季节是最开心的了。三五个小伙伴一起拔几棵毛豆摘几个玉米棒子，找一个避风的地方用随身带着的火柴便开始了"野炊"。之所以加引号，是因为除了从家里带点盐和大葱便无其它佐料了。那时野炊的工具便是盛五餐肉的铁盒子，用几块砖头支起灶架，放上从河里装来的水，把逮来的小鱼放进去，煮的冒泡了浇上点醋便算竣工了。左手拿着毛豆或棒子，右手用自制的工具盛汤，那味道美极了。直到现在回想起来，我依然忘不了那清澈却又味美的小鱼汤。虽然是用的小河里的水，但那时大人们也是饿了吃生棒子，渴了捧起捧河水喝了便又忙起来的。

这么多年过去了，记忆中的那条小河还在，只是沟里没有了水，更不用提见到小鱼了。田野里依然是种的玉米和大豆，只是再也见不到三五成群的孩子去野炊了，因为现在到处都在查环保，八九岁的孩子大部分都进城上学了。有几个留在家里的熊孩子，也像个大人似的喊着："红灯停绿灯行，上级命令要执行。"哪还能看到半点我们那时的影子啊！有的，只在那记忆深处的岁月的痕迹。

依然清晰地记得，冬天的我们光着脚丫穿着棉布做的鞋子，手脚冻得发紫却在雪中追逐嬉闹。堆雪人、滚雪球，打雪仗，在玉米堆里捉迷藏，身上没有买的衣服全是大人给做的，或者是大一点的哥哥姐姐倒下来的衣服。如今，一晃三十多年过去了，我们的孩子（确切地说是小点的）又到了当初我们那个"七岁八岁狗也嫌"的年龄了。可是，我相信在他们以后的人生记忆中永远也找不到光着脚丫在坡里烤毛豆喝小鱼汤的故事了……

2019 年 10 月 7 日于冶张村

深夜随笔

夜深了，人们渐渐进入了梦乡。我因饮茶几杯，又因读先生典故（注，先生指曾国藩），感悟甚深，一时兴起，难以入睡。翻来覆去就是难眠，索性穿衣起床，一人来在书房，自省之！回想毕业以来，走南逛北，所涉行业甚少，但阅人不计其数。一路走来，有过成功的喜悦，也有过失败的痛苦，大多时候是一个挺了过来。

人无完人，我更是有着明显的缺点和不足之处，改之甚难。虽不断提升自己，但终因过于心浮与孤傲，至今未有建树。自幼虽以周恩来总理"为中华之崛起而读书"作为座右铭，但却连带乡村父老一起致富的小目标也未完成，心惭愧不已！曾经登黄山豪言"腾我高青，壮我山东"，今却难以立足于高青，吾理想虽大，不从小处入手，不靠双手奋斗，何谈理想、何谈人生？

近日，深夜睡时颇少，一直在看《井冈山》，毛泽东的传奇一生，让我在不惑之年又有了对人生新的认识。每每看到关于他的影片，或读到他的著作、朗诵他的诗词，我就难抑心中的兴奋。

我近日，方从浮躁的心境中得以启发，于是儿时那首诗又浮现在脑海中"樱桃好吃，树难栽。不下苦功，花不开。幸福不会，从天降。社会主义，等不来"。是呀！从我祖先，钻木取火到嫦娥奔月，无不是靠辛勤的劳动和智慧的团结才得以生存，取得成功。今天，不去创造、不去劳动，单凭一张嘴，一纸规划就能聚天下财富，实则纸上谈兵，掩耳盗铃！我更发现自己无才无德，须重新修行，多读书，多交友，多去用双手浇灌土壤，才会在人生留有一寸之席。所以，静下心来，做些实在事。与家人，同甘共苦，为子女树立榜样；与朋友，闲暇之余饮茶谈心，互相学习；与社会，尽绵薄之力，以体现价值；于自己，人海茫茫，找准定位。我想，终有一天，我会为自己今夜的决定而微笑！

2019 年 10 月 11 日

这一刻

  每当夜深人静之时，打开朋友圈想写点什么。这一刻，有一群人躺在床上又或是坐在沙发又或是坐在书桌旁久久不能入睡。是喜欢这人静夜深时的意境还是白天的琐事把他们带入了新的一天开始的零点附近？我真的无法确定或猜测，只能是顺着此时此刻自己的思绪随手而书罢了。

  现在的科学发达了，什么"微信""抖音""QQ"之类，只要你有爱好，只要你有才艺，随时都能展现。没有出版费，没有设计费，没有编导费。你就是主人公，你就是导演，你就是设计者，你就是主持人。只要你想要，你就是公主，你就是王子，你就是大明星……

  在这一刻，也许你在夜听；在这一刻，也许你在直播；在这一刻，也许你正在回忆过去；在这一刻，也许你在梦中憧憬未来……这一刻，也许，也许有太多的话想找人诉说；这一刻，也许，也许你一人躲在被窝里任凭泪水打湿被单，任凭一切痛苦和委屈向自己倾诉……

  其实，每个人都有太多的不易，有着太多的故事。每个女人都是一本书，每个男人都是一个传奇。表面的光鲜和亮丽背后，是默默地付出和无数次的泪水与汗水的交织。鲜花和掌声的背后，是饱经沧桑和历尽艰辛的身影。当我们听着音乐，唱着歌曲，充实地走在路上的时候那是我们最高兴的时刻；当我们挽着爱人带着孩子走在公园的路上时，那一刻我们是最幸福的时刻；当我们一个人漂泊在异地他乡孤助无援时，那一刻我们充满了对家乡的爱和对亲人的思念。当我们一个人在夜深人静时，这一刻您在想些什么？朋友，无论你此时此刻身居何处漂泊何乡，无论你此时此刻有多少委屈和泪水，请你记得"一切都是最好的安排"。请珍惜眼前拥有的所有，请珍惜你身边的父母、亲人，朋友和同事。因为最美丽的风景往往就在你的身边，因为真正的快乐永远都是免费的。错过了昨天，请珍惜今天；错过了亲情，将遗憾终生。

  在这个信息瞬间万变的时代，除了追求表面的物质享受和看似精神的满足外，我们每一个人都要放慢些脚步去聆听来自大自然的歌声，去寻找先哲的足迹，去与内心深处的自己对对话。

城市的喧嚣也好，乡村的僻静也罢，只要我们拥有一颗平常心，其实幸福就在我们身边。

晚安，朋友。

2019 年 10 月 18 日

随笔一则

　　天渐渐凉了，树叶一片片地无序地落了下来。虽然已穿上了秋天的衣服但是早晚的温差依然冷得让人有些发抖。看着一片片发黄的落叶，我知道已是到了深秋的季节，马上就要进入冬天了。

　　当夜幕降临的时候，整个世界似乎都静了下来。

　　我躲在乡村的小屋内，在明亮的灯光照耀下翻阅着那些年曾经写过的日记。是啊，如今二十几年了，那些曾经青春年少时的日记今天读来，时而捧腹大笑时而表情凝滞，时而激情满怀时而泪花点点。回头看青春一去不复返，抬头望时光飞逝已近中年，向前远眺云雾迷茫不知下一刻将会身在何方。不求荣华富贵，但求一刻安宁；不慕权高位重，但愿余生安康。有时天天拼搏在商场，尔虞我诈的不正之风让我无立足之地；有时难得闲暇，一个人驱车横穿黄河，或吟诗自赋，或沿河急驰只为求得那一刻的自由飞翔。

　　谈生意的过程也是人生历练成长的机会，三两好友阳台下同饮品茶，四五好友饭桌上举杯相庆，七八志同道合的合作伙伴在一起探讨商道……在商业的天地中，忘年交而或志同道合的朋友虽不尽有，但一经来往便至余生了。

　　在多数人眼中商人逐利，更有人认为商人"唯利是图"，而我则不这样认为，在我看来不论我们从事什么行业做什么工作，除了金钱还有一项更重要的东西那就是人生的定位。金钱只能是体现我们生活幸福价值的一个必要但不唯一的要素，而不是我们不择手段追求的所有。"穷得只剩下钱了"这是一句富有哲理的话，更是真理。只可惜并非人人都能真正明白它的含义，只不过当作茶余饭后的谈资罢了。

　　有时写得多了手麻了头也大了，时间一久也许说的一些话像漫无边际。

2019 年 10 月 20 日

男　人

中午躲在车里等装卸工，无意间翻开了朋友圈。在这个万花筒似的世界中，不论你身处哪个层次总有些画面让你焕然一新，总有些故事让你如同亲临现场深有感触。

作为芸芸众生的一员，我也没有超脱世俗的能力。相反，天天在泥土的气息里长大，我竟然越发离不开这乡间的朴素和基层的真实了。

作为男人，我不得不说理解的话："男人实在太难了。"至于如何难，又难到何处？其实大家不必从我这儿知道答案，你的身边就有例子。当然，女人也不容易，自从踏进了婚姻的坟墓女人的一生也就永远的定格了。新婚的短暂，蜜月的结束，也就是女人一生辛苦的开始。男人和女人，是一个很大很深的话题，作为二者之一的男人我只是在闲暇之余倾吐一下心声而已，诸位大可不必引之太深。

有句歌颂父母的话叫"父亲的爱是大山，母亲的爱是溪流"，这是在形象上做了一个比喻。引申到男人和女人，其实就成了生活，男人顶天立地，女人以家为主。人们常常用严肃来形容父亲，却习惯用慈祥来比作母亲。殊不知，这看似一句中肯的话，却道出了男人与女人的区别，也更加形象地再现了男人的不容易。

男人的苦在于无处倾吐，男人的累在于默默受罪。男人的世界是那些他从未到过的地方，真正的男人是天下为己任，以成大事的胸怀去对待生活中的点点滴滴。男人的伟大在于吃再多的苦，受再多的委屈都会面带微笑的对待一切。对父母报喜永远无忧，对子女俨然一副将军的样子神圣而又威严，对朋友则是有求必应，对社会则是一脸白金，光芒照人，但是，这只是对外展现的一面。真实的情景往往是这样的：当孩子交学费的前夕，当孩子结婚的前夕，香烟一颗接一颗地点亮了长夜，燃白了头发；当生意失败的一刻，一个人徒步在荒无人烟的田野而或山顶而或河边，苍白无力地喊"苍天啊"；当孩子结婚搬上新楼的一刻，常常是一座高山突然间塌了下来……当男人遇到看似无法逾越的坎坷时，当男人遇到了莫大的委屈时，常常是泪如雨下，那一刻不是无能的泪水而是男人坚强的表现。

女人常说"下辈子再也不做女人了"，男人常说："如果有来生我仍然做男人!"这就是男人!

茶余饭后，随意而言。莫见笑!

2019 年 10 月 22 日

齐 都

在与时间的巧合中我再一次来到了齐国故都临淄，这次的出行在我的生命中将会留下美好的回忆。

由于成考的缘故，来的当晚所有的学校附近的宾馆都已满员。我开着车子在大街上漫无目标的游荡，像一个幽灵一样迟迟找不到归宿。那时已是晚上九点多了，简单的吃了碗面后，索性放下车子一个人在大街上走了起来。

夜晚的临淄城看起来尚还美丽，只是再美的风景在我的眼里此刻也只是匆匆而过。如果不是因为成考，或许一年二年或者再长一点的时间内我可能仍然来不了这儿。命运的安排，缘分的注定让我在这个十月的最后一个周末来到了这座誉满全球的城市。虽然没有机会去参观这皇城的古迹，但耳旁似乎浮现着战国时期的风云战场，又似乎听到田横五百壮士的悲壮之声。也许，这是齐国留给子孙后代最为珍贵的文化遗产了，永久的被历史记载和封存了起来……

这座城市有太多的美好，有太多的留恋。只不过于我只是匆匆而过，我不是城市的主人而是一名过客。所有所有的一切我都会默默地祝福，祝愿一切安好！

考完了高数二就要离开了，心中有些沉重又有些留恋。是否我在下一个时刻依然陶醉于齐都的美丽，是否我在以后的生活中依然会回忆在齐都的两个夜晚。我真的不知道该如何回答，就让时间带走一切吧。

2019 年 10 月 27 日清晨，于临淄

晚　饭

　　好些日子没有写点东西了，有太多的话想要说，有太多的字想要写。只是说点什么，又写些什么？心中却一直在徘徊中不决，抬头看了下钟表已是 21 点多了，而此时此刻我依然没有来得及吃晚饭，索性就以晚饭为题开始今天的三言两语吧。

　　说到晚饭，便不由想到了早餐。我的早餐非常简单，简单的令人难以置信。一个生鸡蛋用开水一沁便是早饭了，直到中午甚至下午两点左右才有时间吃点东西。我当然知道这样对胃不好，长期下去身体会吃不消，可又有什么办法？只能顺水行舟，慢慢后延了。

　　忙了，累了，但充实了。

　　偶尔我也翻下朋友圈，看下快手，只是作为休息的消遣罢了。

　　正在想着如何行文用词呢，旁边孩子他妈端了碗面条，放在了桌上。碗里冒着热气，飘着清香，我的思维在那一刻停了下来——噢，我的晚饭……

2019 年 10 月 30 日

家乡的小雨

再有几天便是立冬了，在这个晚秋的夜里天空中下起了零星小雨。滴答滴答……雨滴敲打着车子的挡风玻璃，一滴一滴……雨刮器左右摆动，时而急缓时而悠闲，仿佛一对初恋的少年羞涩又冲动……

在音乐的旋律中，借着大灯的光亮，车子行驶在印有中心线的柏油路上，整个人就像陶醉了一样。

由于是乡间的县级马路，所以车辆很少。偶尔有迎面来车，多是友好的会一下灯，好像打招呼又像是老朋友一样会然一笑，直到擦肩而过。已经习惯了这样的夜晚，更习惯了一个人驾车行驶在宽阔而又整洁的马路上。只是那一刻，思想停止了飞跃，一切好像永远停留在眼前……

当青春一去不返时，当白发悄然出现在头顶时，生命仿佛渐行渐远。那年少时的梦想，那青年时的诺言，在现实的面前是那样苍白无力。我，我们想要挣扎；我，我们想要改变……只是，我们瘦弱的身躯怎能抵抗这晚秋的小雨？这是天意，也是命运……

车子在雨中一直向前，向前，向前……朝着儿时的方向，朝着回家的方向，朝着梦的方向……

2019 年 11 月 2 日夜

走向远方

是男儿，总要走向远方，
走向远方，是为了让生命更辉煌！
走在崎岖不平的路上，
年轻的眼眸里装着梦，更装着思想！
不论是孤独地走着，
还是结伴同行，
让每一个脚印都坚实而有力量。
我们学着承受痛苦。
学着把眼泪像珍珠一样收藏，
把眼泪都贮存在成功的那一天流淌，
那一天，哪怕流它个大海汪洋。
我们学着对待误解。
学着把生活的苦酒，
当成饮料一样慢慢品尝，
不论生命经过多少委屈和艰辛，
我们总是以一个朝气蓬勃的面孔，
醒来在每一个早上。
我们学着对待流言。
学着从容而冷静地面对世事沧桑，
"猝然临之而不惊，
无故加之而不怒"，
这便是我们的大勇，我们的修养。
我们学着只争朝夕。
人生苦短，道路漫长，
我们走向并珍爱每一处风光，
我们不停地走着，
不停地走着的我们，

也成了一处风光。
走向远方，
从少年到青年，
从青年到老年，
我们从星星走成了夕阳。

2019 年 11 月 5 日

人生路上

当坐下吃晚饭的时候，又是晚上十点多了。宽阔的 220 国道旁边灯光闪烁，来来往往的车辆不少于白天。在一家挨一家的餐馆中，我有意无意地选了一家——河间的驴肉火烧。简单地要了碗汤，顺便点了个火烧，静静地等待着开饭时刻的到来……

已经又连续三个夜晚了，工作持续到凌晨两点左右，但又没有更好的办法，工作是必须完成的，生意又不能不去做。只有对自己狠一点，咬咬牙坚持几天算几天了。

其实，人静夜深时也想写点东西。类似于日记，但又不限于此。一来是净化一下心灵二来提升下文学素养，也可以说是在生活的轨迹中留下一点痕迹吧。

人的一生就是一个追求的过程，我把自己的人生看作是一次旅行，一次一生的旅行。相对于结果我更注重过程，生命的精彩不在于结果而在于每一分每一秒的过程。假如人生是一场马拉松比赛，我希望在听到枪声后永远在赛道上奔跑……

2019 年 11 月 11 日于滨州

家

　　终于到家了！竟有种想流泪的感觉，说不出是心酸还是压力太大，只是有许许多多要说的话。

　　已经过了饭点，什么也不想吃了。顺手拿了两瓶啤酒，从厨房拿了点咸菜便一个人坐了下来。咸菜就着啤酒，一下凉到了心底……除了咸味便是浑身的凉意了。

　　说到生活，其实每一个人都有写不完的故事，都有说不尽的经历。一年一年，一月一月，一天一天都在我们眼前逝去。我们想要留下什么，想要证明什么，想要……然而，最终我们什么也没有留下，只是天天生活在无尽的回忆中。

　　在这个世界上，其实也有着无限的美好，有着无限的回忆和牵挂。早出晚归始终会有那么一个人或者几个人牵挂着我们，不一定非得有山珍海味，或许一碟小菜足以……就像今晚，一碟黑豆咸菜加两瓶啤酒，我竟会不争气的像个孩子一样流泪了。是高兴？还是伤心？是释放压力？还是人生的常态？于是，我开启了第三瓶酒，也许是新生活的开始，或许是以前的结束。一瓶，一瓶，一瓶……

2019 年 11 月 15 日

象　棋

自古英雄多壮志，楚河汉界两旁行；
今虽不闻马厮鸣，此处无声胜有声。
纵有家财千万贯，我独爱红黑棋盘；
比赛只是会棋友，胜负名次只是分。
琴棋书画为修养，开卷有益书人生；
高青首届友谊赛，各路英雄战必赢。
赛场之上讲规则，你进我退比风格；
无论失败与胜利，友谊第一难超越

2019 年 12 月 6 日

随　想

忙忙碌碌的生活把我带入了天天熬夜的边缘，想读点书看看文章却心有余而力不足。

今晚难得片刻闲暇，便随手冲了壶淡茶坐在了书桌旁。已经过了花开绽放的年龄，心中却依然有着孩童般的梦想。不再刻意去追求奢侈豪华的车房，却渐渐关心起了妻子儿女的生活，放心不下花甲之年的父亲。一个人在外漂流，像地球的公转一样始终在一个固定的轨迹上寻找着商机，追求着生意场上的一切不确定……

有时心真的很累了，有时身体已经透支，但坚持过后是阳光依旧。不再无谓的牺牲和占用更多的时间去酒桌上吞云吐雾跟一些势力高人称兄道弟，而是一个人或约上知己喝杯清茶品一杯咖啡，去领会人生的另一种风味。

富在深山有远亲，穷在闹市无人问。这句古谚终于在今天再次验证了它的喻义。然而如果始终停留在这个人生层次而难以自拔，就是对人生的一种误读。其实，人生的真谛真的不在于名利、地位和金钱，而是在不断的生活中享受拼搏和努力带给自己的成就感和在此过程中带给他人和社会的价值。成功或失败只是一个点，而人生是由无数个点组成的一条线，有的人倾其一生只为走进坟墓的那一终点；有的人显摆名车豪宅不过是一种工具而已。真正的富有不是物质，而是精神层次的东西；真正的王者像墙角的梅花，"凌寒独自开，为有暗香来"。当一列火车鸣笛启动的一刻便似人生有了生命，一节节的枕轨像是一天天的生活又好比是一岁岁的年龄，不论你最后多么的富有或贫穷，最终留下的只有一样东西——思想。唯物主义也好唯心主义也罢，它们永久地停留在历史的一刻，又永远地传承和发展下去。

上学时曾经为读不懂人生的三重界而苦恼："看山是山，看水是水；看山不是山，看水不是水；看山又是山，看水又是水。"

终于在今晚才领悟其中的含义。这世俗的社会何尝不是如此，青春年少时看房就是房，看车就是车；步入社会时看房就是脸面，看车就是地位；等日落西山暮年将至一切已成了过往烟云，只是工具而已。

过好了今天，把握住了今天，便赢得了人生，便拥有了全部。昨天已过无力挽回，明天和意外永远在路上。朋友，请珍惜当下活在今天，善待每一个人……

2019 年 12 月 6 日

家乡的那条河

中午回家不经意间发现了盆里泡着的小鱼，此刻的心已经完全被带回到了三十年前。

那时村东的那条河名叫青胥沟（是马扎子工程青城到胥家村的支流沟渠），河里常年水流不断。虽比不得济南大明湖"四面荷花三面柳，一城山色半城湖"，却也是"一年四季三季绿，一河绿水清澈底"。春天春暖花开，夏天绿树成荫；秋天河边充实，冬天河上结冰。给儿时和少年时代的我们有种此生再也寻觅不回的童年感觉，让我有种家乡的亲切感。那时光着屁股常年泡在河里，春天与蝌蚪嬉闹夏天听青蛙夜鸣，秋天在河里摸鱼冬天在冰上滑行。那时的我们十一二岁正值"熊孩子"阶段，上树爬墙砍草拾柴……如今，看到了那些条小鱼我想起了从前，想起了光着脚丫的年代……

2019 年 12 月 21 日于高青

致基层工作者

我们虽然没有正规的编制，
却有非常严谨的工作规范。
我们虽然没有深奥的学识，
却有着一颗拥民爱民的心。
我们虽然日夜奋斗在农村，
却一样有颗热爱祖国的心。
我们虽然面朝黄土背向天，
却深深眷恋于这片黄土地。
因为，我们深知
今天的生活来之不易；
因为，我们深知
未来的日子还需努力；
因为，我们明白
新农村的建设靠我们自己；
因为，我们懂得
前进的道路有风也有雨。
然而，为了农村的晴空万理
为了农村的蓬勃生机
我们需要奉献青春
我们需要奉献自己
坚信，未来的日子，
胜利属于我们自己，
属于每一位基层工作者。
谨以此，献给每位工作在一线的农村工作者。
向你们致敬！为你们自豪！

2019 年 12 月 21 日

年尾岁首

再有一个星期左右便是元旦了，对于上班或做生意的人来说其实就是新的一年的开始。每每此时，心中总是有些想说的话，或是总结，或是计划，也许是感慨、也许是回味……总之，这几天的夜里是很少能坦然入睡的。

写日记或总结或者说是年终总结的习惯已经有二十多年了，一来是回顾一下一年来的工作生活查缺补漏，二来是总结下经验教训以期在新的一年再接再厉争创佳绩。

从学生时代到毕业参加工作，每逢元旦前几天心里总有多种滋味在心头。其实多年以来的种种滋味加上经历完全能写一本小说或者自转了，但由于这样或那样的原因慢慢地淡出了生活。如今携妻带子伴女，琐碎的生活吞食了青春的梦想，剩余的希望在岁月的面前已成了奢望。于是很是怀念毛泽东主席的诗词《沁园春·长沙》："恰同学少年，风华正茂；书生意气，挥斥方遒。指点江山，激扬文字，粪土当年万户侯。曾记否，到中流击水，浪遏飞舟。"

是的，我们都曾有过少年时；是的，我们都曾经心比天高。只是岁月的痕迹承载了多少往事，日出日落斗转星移又将多少故事写入了历史。我们虽然平凡而普通，但却一样曾经向往和追求过心中的理想；我们虽然已至中年，但却一直在向往和追求幸福的路上。

元旦将至，心中依然有许多期待和思念。很想念儿时的伙伴，很怀念初中的同学一场；很思念高中的挚友，更惦念大学的兄弟。想儿时的无忧无虑，怀念初中的天真烂漫；思念高中时的草木皆情，惦念大学时的兄弟情深。

常常在夜深人静的时候，打开曾经的日记。常常在闲暇的时刻，轻唱《同桌的你》。岁月可以让我们老去，但却也改变不了曾经的山盟海誓；生活虽然历经磨难，但却依然阻止不了我们内心的向往。

路遥《平凡的世界》描绘了曾经年轻一代的生活；莫言的《红高粱》再现了青春的苦涩和真实的生活。初中时喜欢读《钢铁是怎样炼成的》，和保尔·柯察金在一起坚强生活；高中时喜欢读《朱自清散文集》，雨中漫步雾中晨练；大学时喜欢三毛的《撒哈拉沙漠》，迷恋于荷西的故事。如今除了绿茵赛场上还能激起青春的记忆，一切读物多半是经济学杂志和成功励志。

年终岁首，我心中有很多的话要说。功名利禄，在这一刻似乎与我已经没有了关联，有的只是我手中的文字和这用文字编织而成的故事。

今夜我在过去的生活中追忆，今夜我在未来的日子中畅想。我，一个生活在农村的文学爱好者；我，一个生活在现实中的理想追求者。余生，我愿用尽生命的全部力量去追求曾经的向往，或许在别人的眼中它是那样的渺茫。于我，已是人生的巅峰；于生命，已经是最大的尊崇。

2019 年 12 月 23 日

南水北调的上午

上午出去帮一个朋友办了点事，恰巧是在南水北调高青唐口西段。于是便随意掉转了车头沿着南水北调的北岸自东向西行驶，这是一条水泥做的风景路干净而又整洁。路的一旁是一些绿化用的直柳，而路的南侧便是南水北调的主渠了，被一道道安全防护网隔离着。河中的水清澈而又让人心情愉悦，是流动着的长江水远道而来，似乎有一种南水北上的情怀。

我开着车子缓慢地行驶，今天的天气有点阴但不像以往那样让人压抑，可能因为这里环境的缘故吧。这条位于南水北调北侧的小路行人很少，偶尔有路过的车辆大都礼貌的避让，没有鸣笛声。一切很静很静！

突然间一只野鸭吸引到了我，小家伙看起来有一岁左右的样子，在水上快乐地游着。我停下了车子，打开车门手扶着岸边的防护网静静地看着它，它好像也看到了我在看它。可能是担心我伤害到它，头向水中扎去，瞬间失去了踪影。等我再看见它时，已到了对岸，我真的好羡慕那只幼鸭……

上了车继续前行，周围一片寂静甚至小清河南岸有谁家在举行婚礼的打鼓声都听得一清二楚。要知道河的那边是邹平市，那鼓声、喇叭的歌声，给这个天气阴凉而有活力的上午带来了些许快乐。

河中不时又看见了凫水的小鸭，水流的看起来很慢，也许是怕惊吓了它们。我的心情有百般的味道，突然间很害怕失去眼间的一刻，好想天天生活在这水清麦绿的环境中，沏一杯茶读一本书，过一种简单而又向往的生活……

2020 年 1 月 5 日

冬 雨

　　已是农历腊月初十了，天空却又下起了细雨，淅淅沥沥下个不停。潮湿的空气一扫往日的干燥，心情也格外的好。我喜欢下雨的天气，喜欢雨中漫步的情怀。

　　雨大抵是下午开始的，滴滴答答像有节奏的音乐一样一直响个不停。冬天的雨带着一股凉意，让人感觉到了冬天的气息，但却丝毫没有发抖的样子。雨中的世界，没有晴日时的那样清晰，向远处望去模模糊糊，像一个失恋的少女泪眼蒙眬的样子，让人同情又令人迷恋向往。

　　细雨中虽是冬天，我依旧没有打伞的习惯，任凭雨滴随意地洒落在衣服上。只是没有夏雨般的浪漫，没有秋雨般的多情，更没有春雨般的娇贵，有的是心情的放松和沐浴在大自然的怀抱中的幸福。一个人独步在雨中，尽情地享受着这冬月的细雨，别有一番风味在心头。

　　衣服很多淋湿了，于是恋恋不舍地回到了家中。借着湿润的头发，多看了一眼镜子中的自己。乌黑的头发中已经夹杂着些许白发，我仿佛才从雨中惊醒。呵，自己已不再年轻，已如这冬月的雨偶尔的放纵尚可理解，如果无休无止的劳累怕是吃不消了……

　　窗外的雨声似乎更大了，我冲了杯清茶细细地品味茶的香味，静静地聆听这天籁般的雨滴声。目光依旧在窗外，立在那儿久久不肯释怀。

2020 年 1 月 5 日

蜕 变

今天是腊月二十九了，这是离除夕最近的一天了。每年的这个时候是一个人与自己对话的最佳时间了，回头看看这一年来或者这些年来自己走过的历程，再规划和展望一下新的一年或者几年的路，所谓回首过去展望未来吧！

用"蜕变"一词做标题，是考虑再三的。查阅了有关词典对它的释义也不尽相同，更有的是大相径庭，但从个人的理解来说，我认为这是一个中性词，更趋向于褒义词，是催人奋进、向上的意思。然而，有关词典给的释义却截然相反，其理论依据是从"蜕"的名词解释的，即"蜕"为"皮"而或"壳"。还有的释义为走向堕落或者死亡，我才疏学浅不敢妄加评论却也不敢苟同。

言归正文，用"蜕变"一词是有缘故的。我是农历的丁巳年出生的，属象为蛇，而"蜕"即可理解为一种行为，或者是某种超脱。虽然不敢称脱胎换骨，却亦是如金蝉脱壳，天地之别了。

老人常言："四十不惑，五十知天命。"我已过了不惑的年龄却有着诸多的不解和疑惑，只是在最近一二年内经历了人生的低谷，说是"绝处逢生"或者"峰回路转"一点不过。在经历了一番垂死挣扎之后，终于悟出了些许道理，略懂了一些人情事故，只是我无法变通只能顺其自然罢了。

有时候一个人开着车，走在黄河大坝上的时候感慨颇多。时常想起那首大衣哥翻唱的《滚滚长江东逝水》，又好像眼前浮现着千军万马的战斗声，久久不能平静。我在想："人活在这个世界上到底是为了什么？"这是每一个人都在做的事却不是每一个人都能回答上来的。

记得那句诗词"有的人活着，他却已经死了；有的人死了，他却还活着"，社会的发展，人类的变迁，当物质享受还占据着生活主要；当金钱多少还左右着"成功与否"，一些所谓的"人生价值"或者"价值人生"已经不能完全成为衡量一个人来在这个世间的尺度了。"尺有所短，寸有所长。"，其实每一个人活在这个世界上都有他的姻缘，都有他的道理。万事万物皆如此，从宇宙的发展生存规则来说，适者生存；另一方面，人生一世草木一秋，每个人都有他的寿限。从个人的观点来言，我认为这是在自然界的自然发展中注入了人为的元素，功是非常巨大，但过也是非常明显。这里的"过"是从宇宙的发展规则来说的，这永远脱离不了人成为高级动物后能胜天的这一事实。

话又说回来，说这些也是扯远了。因为作为千千万万的普通人之一，我们所能做的便是服务好自己的家庭，服务好自己的本职工作，服务好这个赖以生存的环境，仅此而已。我们的思想不会也不可能影响到规则的制定，只能是在有限的生命中活出作为万物之一的生命历程，至于以后会永久的消失在宇宙中……在宏观的历史中哪里会有我们的身影，只有在我们的姓氏而或家族中我们曾经来过。

我们每天拼命地工作，拼命地赚钱，却很少有时间去思考为什么？是工作的繁忙无暇以顾还是生活的压力无力思索？我一时也无从回答，只是近来想到了"蜕变"一词，说它走向死亡也好，说它重生也好，但它的确完成了生命中的一次质的飞跃，向着生命的另一种高度升华。

从儿时的学步学语，到学生再到工作，到社会。其实，我们每一次变换角色，也如蝉蜕一样，只不过没有脱胎换骨般惨烈更不会天上人间般巨差，所以我又一次想到了蜕变，想到了四十岁以后的人生。

每天的写作，无章节可言，更没有什么功利目的，只是闲来无事酒后胡言，请莫见怪。感谢一直以来的陪伴和鼓励，谢谢。

2020 年 1 月 23 日

子夜随笔

当读余秋雨先生所作《文化苦旅》过半时，已是深夜子时开端。虽然仍沉浸于文中关于晋商的描述，但是双眼已略有疲劳只能暂且休息顺便随笔数字以示此刻心情。

作为生意人，我着实不敢称自己为"商人"，因为这二字不仅代表着财富更是中国几千年文明的象征。经济所繁荣之处则文化更加深厚，历史则更加久远。

我很庆幸自己能在今晚读到余秋雨先生关于山西的描写，让我在寻根问祖的路上又多了一份了解，更加坚定了有朝一日走进山西的人生目标。对于晋商除了电视便是书籍和小说中了解到的了，但之前的了解过于肤浅或许以后要重新规划一下对山西商人的解读了。

生活在当下，很难将经商与工作区分开来。工作是为了生活，经商也是为了生活，一切主动地、被动地无不是为了更好地活着。当理想成了梦想，追求成了奢望，我们这些凡夫俗子又拿什么去装清高，又拿什么去证明自己的与众不同？只能是在平淡的生活中庸俗地活着罢了！

有时候明明是晴天，太阳尚好却一场急雨从天而降，难道这不正是毛泽东同志所说的"天要下雨"吗？谁又能左右呢！我们当然有所信仰，因为一切的发展和变化还是建立在辩证唯物主义观点之上的，可是很多事情的界定和划分，很多事务的制定和实施我们又有几分话语权呢？由此我又抬头向天空中的星星望去，它们是那样的有序又是多么的自由，不论时间的久远还是历史的变迁，天还是天，星星还是星星。哪里像我们人类，活着无比的艰辛，活着无限的遗憾，死了却永远地消失在宇宙中了。即使先祖名人精神尚在，却也是在世时如落叶一片，只有树才会懂得珍惜和拥有它，其余的一切都是浮云。

有些时候有些人经常拿健康来说事，我何尝不晓得它的重要，又何尝不希望能在这个世界上多一点生存的时间。可是，每当夜晚来临的时候，我有一种如鱼得水的顺畅，有一种生命绽放的喜悦，我深爱着寂静的夜，深爱着可以与古哲对话的空间，深爱着自己与自己的心灵对话的时刻。与熬夜带来的危害相比，我更加珍惜这寂静的夜给我带来的收获，给我的心灵释放的空间。

我有一个常人难以想象的毛病，那就是一年三百六十五天天天做梦，并且梦境十分清晰，而且第二天会说出框架。当然我没有周公的本事，却对梦情有独钟。我不知道这与我二十多年来的熬夜有没有关系，但我却在夜深人静时有一种莫名地激动和工作学习热情，只是在现实的生活和工作中并没有好的结合点，只能是独钓寒江雪了。

我不知道以后自己的人生会走向何处，因为至今我还在一片迷茫和畏惧中徘徊。我想像诗人一样自由，可哪有自由的向导；我想像商人一样富有，可哪有我征南战北的足迹？我在茶余饭后的行文走笔不过是一个小学四年级的孩子在练习写作罢了，更不用去奢望像范进一样老来中举了，所以，我看淡了很多东西，习惯了很多世事，治病救人我做不到，只能是保证自己不失贞洁了。

活着，我们就会有痛苦；活着，我们就会有欢乐。如何去在痛苦中寻找快乐，这正是做人的道理。由此我想起了余秋雨的那段话："部分文人之所以能在流放的苦难中显现人性、创建文明，本源于他们内心的高贵。他们的外部身份可以一变再变，甚至终身陷于囹圄，但内心的高贵却未曾全然销蚀。这正像有的人，不管如何追赶潮流或身居高位，却总也掩盖不住的内心的卑贱一样。"

毫无疑问："最让人动心的是苦难中的高贵，最让人看出高贵之所以高贵的，也是这种高贵。"

以此结束今天的随笔。晚安！

2020 年 2 月 24 日子夜

聆听夜的声音

　　坐在书桌旁整理了一下桌上和书橱里的东西，由于值班感觉很累但是却没有去休息的想法。

　　在整理文件时不经意间翻到了十年前的很多东西，除了购房合同还有许多的照片以及车辆的保单。我的心像是五味瓶一样，有种欲喊而无声的深沉和欲动而无能为力的伤感。十年过去了，十年期间发生了太多的事，如逝去的岁月虽然留下了一些痕迹却再也回不到从前的时光，单从头上渐多的白发便可读懂许多……

　　我不知道世界上有没有理想的生活，以前我一直生活在追求理想生活的梦中。直到有一天我的心忽然觉得好累，多么希望像梦一样一觉醒来一切悄然而去，可是这又是多么的可笑和幼稚。生活中有太多的未知，有太多的无奈，有时真的怀疑是否这人生真的是来吃苦和还债，究竟有多少事是自己不想去做而又不得不做的。比如生活，比如工作，比如心中的理想而或在坚持理想的旅程。

　　当夜渐渐地深了时，心中总是有说不完的话，写不完的字。我知道有些人生来就是有自己的天赋，而我只能在这寂静的夜里向天空中的星星倾吐着心声，那声音是那样的遥远而又弱小；那声音又是那样的清晰而响亮。也许，我真的是为这寂静的夜而在呐喊；也许，我真的是迷失了人生前进的方向。一切是那样的熟悉，一切又是那样的陌生，在这半睡半醒中我丢失了自己……

　　静了许久，我端起了桌上那杯茶，色依然很浓，只是泡茶的水凉了……

2020 年 3 月 1 日子时

初春细雨

天依然带着丝丝寒意，棉衣还没有完全脱去，一场初春小雨羞涩而至。

放眼望去，田野中除了绿油油的麦苗几乎找不到春天的身影。倒是身边的柳树细嫩的枝条之上一个个新芽正在蓄吸"乳汁"，为即将到来的绽放做着积极的准备。杨树的枝头几只喜鹊在叽叽喳喳叫个不停，像是在传递着春天到来的信息，又像是在这场短暂的细雨过后显示一下它们超长的本领。树高百尺鹊居顶，天高万丈任其飞。这是人类望尘莫及的，也是人类所追求的一种梦一样的生活。

这场小雨微不足道，可谓两三个雨点洒落人间。然而，细雨过后空气显得格外清新，人的心情也是非常的好，除了愉悦的心情更重要的是它带着春天的信息在惊蛰后来到了这里告诉人们春耕开始了……

2020 年 3 月 7 日

清 晨

　　窗外的天已经大亮，马路上陆续有人走动了。站在窗边向远处望去，除了林立的高楼几乎见不到一点绿色。

　　坐在桌前安排了一下今天的工作，静静地思索了几分钟。整日的劳作竟成了一种习惯，一旦闲下来忽然觉得不适应。这大清早的空气按理说应该很清新，却没有家乡田间的氛围，更没有鸟语柳绿的自然风景。人们常说男人的故乡在远方，可此时此刻我怎么突然想家了呢！

　　家在我心目中的位置一天比一天重要了，妻子儿女在身边时总是觉得像赶大集一样人来人往。可是，当一两天不见他们时心里像丢失了什么，难道这是男人更年期的前兆吗？亦或是渐渐变老的开始……

　　以前觉得大把时间可供消遣，如今却觉得有做不完的事，安排不完的工作。不能再无谓的浪费时间了，不必要的饭局、可有可无的聚会，闲七杂八的高谈阔论今天起一律离我远去……

　　当人们成了金钱的奴隶，那么活着的意义和价值到底有多少可言？我不能沦落为时间和金钱的奴隶，而是要在有限的时间内更好地去支配金钱，去努力成为它的主人……

　　告别过去，走向一个新的未来！早安！

2020 年 3 月 18 日清晨

春 韵

清晨的一缕阳光普洒在大地之上，与这清明节后的田野遥相呼应，映入眼帘的是一片绿色。

再看看路旁的杨柳树，在阳光的沐浴下尽显其风采。柳树的枝条柔软而又细腻，宛如情窦初开的少女的头发，纯洁中透着美丽，美丽中散发着诱人的气息。一阵轻风吹来，仿佛是少女的轻盈舞姿，让人陶醉其中……

《静听》——又是一个夜晚的开始！马路上来往车辆的声音比平时似乎少了许多，屋内钟摆声清晰入耳，大脑中一片寂静。坐在那儿许久许久，世界像是停滞了前进，地球像是停止了运转……

好久了，真的好长时间了！今天夜里一切是那么的平静，一切又是那样的似曾相识人。

一个人静静地坐在那，仿佛听到了心跳的声音。多么希望时间在这一瞬间停留，忘却了世间的所有恩怨，忘却了人间的所有利益与私欲，忘却了那插在心中却永远愈合不了的伤痛，忘却了人生的喜怒哀乐……

静，我真的很喜欢！喜欢这一瞬间的状态，喜欢独处时的闲暇，喜欢这双眼中的冰冻世界，喜欢与哲人的心灵对话……

当我抬头遥望星空，我的内心宽广无比；当我放眼远眺大海，我的内心一切释然。风儿轻轻吹来，是与我窃窃私语；云儿缓缓飞过，是与我心心相印；雨儿悄悄滑落，是与我情到深处；雪儿满天飞舞，是与我心融在一起。这自然界的一切，你听是多么的美妙；这宇宙间的一切，你看是多么的美丽。更为奇妙的便是这夜的静，它可以净化心灵，它可以让人渐渐成熟，它可以让人放下一切去来一场一个人的旅行，去完成一场说走就走的旅行……

静，我喜欢这深夜的静；静，我在用心地聆听……

2020 年 4 月 10 日夜

兄　弟

　　前几日翻朋友圈看到了一个本村说了一句话："这年头兄弟一词成了奢侈品，不是谁都可以称作兄弟。"心中不觉有些同感，更是体会到这个称呼的内在分量。

　　在我们的生活中有时艰难困苦时时出现，有时真的把我们逼上了绝路。究竟困难时候有多难，相信每个经历过的人都有深深地体会和刻骨铭心的记忆。好在在时间的流水中，都已经过去了，但是有些人是我们终生不会忘记的，是我们要心存感恩的。他们在我们人生的最低谷，在我们生命黯然失色的时候，伸出了手帮助了我们。不在乎钱的多少，不在意饭的好歹。几千元钱代表着信任，一顿热饭足以表明了对方的情谊。也许，就是这看似微不足道的帮助，却让我们看到了希望。这时的贵人不论辈分大小，足足可以用"兄弟"一词来表达我们心中的感激。因为此时兄弟的含义已经超越了世俗，有了升华。

　　今天无意中又想起了一两年前的时候，想起了在风雨中挣扎的自己。在最困难的时候是几个同学和朋友帮助了我，此时此刻我最想说的一句话是："兄弟，谢谢。"

　　人生十有八九不如意，但在生活中无论我们多么的困难，都不要忘记那些在我们生命低谷时帮助过我们的人。这是我们的榜样，更是一生的贵人。脚踏实地做事，诚实守信做人，是永远不变的真理。如果有一天我们选择了小路，那么终会有尝到苦果的时候。

　　兄弟，加油！兄弟，谢谢！

2020 年 4 月 28 日

晨语随悟

早早地醒了，坐在床头一个人傻傻地待着……静静的，仿佛能听到心跳的声音。窗外的天空渐渐亮了起来，不时有谁家的灯打开。我坐在那什么也想什么也不想，就这样静静地聆听来自大自然的气息。

头脑中一片空白，一点组织语言也没有，想到哪就写到哪，像机器般的呆滞。看了几篇类似心灵鸡汤的小文章，多少有一些触动。我在想，我们忙忙碌碌到底为了什么？金钱、名利、地位，是又不全是。

这些天来，在家次数多了起来，有了更多一点的时间陪陪老婆和儿子了。忽然觉得是那么的幸福与感动！我一到家儿子见到我便喜出望外，一头扎进我的怀里，两只小手不停地敲打着我的胸膛，一双明汪汪的大眼睛不时盯着我，唯恐我又出门。我能感觉到，此时此刻我的心是暖暖的。在外面经历的一切一切，这一瞬间被这幼小的心灵融化了，好想抱着他就这样一直站着……

于是，我在不惑之年对人生又有了新的认识！功名利禄，如过往烟云，不必去刻意求之；一切看淡些，该来的迟早要来。唯有亲情才是永恒的爱！不要去羡慕远方的风景，真正的快乐永远是免费的。有时累了，就停下来歇会；与自己的心灵对对话，与大自然毫无遮掩的接触一下。可以对着田野高喊，也可疯狂的奔跑亦或静静的躺在草坪之上，亦或漫步江河湖边……放纵一下压抑的心灵，释放一下滞人的气息，还人生一个清洁的空间。再抬头，天已亮了！该起床了，是的。望着窗外的蓝天白云，我的心情格外的好。是的，我该起床了，去大自然寻找一下失去的自己……

2020 年 4 月 29 日

无 语

    有时候很想说说活，但想说的很多话到了嘴边却又咽了下去。说什么好呢？无话可说……简直无语了，呵！

    难道这就是此的无声胜有声吗？可我确实听不到哪怕一点点声音啊！这到底是为什么啊？是历史的波涛声把来自心底的呼喊淹没了，还是在大雾弥漫的一刻已分辨不清方向，丢失了源自宇宙的纯真？我不得而知，我已无语。你听，在太阳高照的天空，传来一阵惊雷声，那声音传遍了整个能看得见的天空；你听，在车水马龙的地球上依稀听到有人的哭泣声，这不是人类降生的婴啼声而是成人委屈的泪水和伤心的绝望声……

    无语，无语了！晴日的天空怎么会突然下起雨呢？那不是雨，是雪花，是一片片、一团团的白色雪绒，这是无声的世界对宇宙的情绪，是自然界对人类的"礼"尚往来……

2020 年 5 月 13 日

夏　雨

开了几次头，一直找不到合适的词语，索性就像这夏天的雨随心所欲顺笔而下吧。

刚刚还红日西挂突然间闪电划过长空，狂风暴雨席卷而来，一时间眼前一片昏暗，像是《西游记》中来了妖精一般。于是车子慢了下来，一方面为了自己的安全另一方面又害怕遇到妖精一个法术将自己裹进洞里……值得庆幸的是只有闪电并无惊雷，一阵狂风扬起满天飞舞的杨絮像是雪花又像是妖女的迷魂阵，已分辨不出东南西北了。

急驰的大雨点啪啪地打在车前挡风玻璃上，即使雨刮器调到了快挡仍然无济于事。路边的杨柳在狂风中摇摆，时有四五十厘米的树刮倒，像是在历险又像是做梦一般。难道这也是缘分，难道这也是上天的恩赐？我忽然间想笑，又突然间想哭，完了，中邪了……

这说来就来的雨，这夏初的一道风景线在这一刻，还有没有人来欣赏？有，一定会有；有，也许会有；有，一直都有……

2020 年 5 月 16 日

孩子，我想对你们说

孩子，当你们读到这篇文章时，也许还没有真正领会到文中父亲的身影和用意。因为你们还小，姐姐初中还没有毕业，还在不太懂事又常常惹父母生气的年龄；弟弟年龄太小，尚还在母亲怀中，有时还淘气地吮吸母亲的乳汁，但是，我不得不在这个风雨交加的夜晚，写一点东西给你们。因为你们的爸爸可能没有太多的物质给你们，更不会有什么"北上广"的楼房留给你们。我只是一个自幼在农村长大的农民，没有正规职业更没有五险一金，有的只是从学校毕业后走南闯北的所谓经历和经历过困难、挫折和痛苦过后的所谓经验以及有着"梦"一样的所谓理想，而今天，我想和你们说几句话，和你们姐弟俩谈谈心。也许，在你们看来很平常，但在你们的父亲我的心里却格外的重要甚至宝贵。

孩子，你们可曾知道：你们的父亲在也是个初中生的时候也曾经有过梦一般的理想，也曾经是戴着团徽的共青团员，更是以身作则的班干部；你们的父亲高中时也曾经是一名文科班的优秀学生、班干部甚至一度写过文章，创办过期刊、投过稿；你们的父亲上大学时，更是满怀热情，在学生会不怕吃苦、勤奋学习、努力工作；毕业后工作更是积极甚至于拼命。可是，我的心里一直觉得自己并不幸福，更不满足。因为，有些时候有些东西，你们的父亲也看不明白，更不懂。只是，我在想：我所经历的痛苦和挫折不想让你们姐弟俩再走一遍，那样作为父亲我是没有尽到责任的。所以，今天晚上在这个风雨交加的夜里，我想和你们谈谈心、说说话。

孩子，在这个世界上不要轻易相信别人的话，因为除了父母和亲人们几乎没有人可以付出生命的全部去爱你们。当然，你们很幸运，你们还有疼爱你们的姑姑，你们长大后应该珍惜这份血浓于水的感情，好好孝敬你们的姑妈。孩子，在这个世界上，每个人都不容易，人们往往只看到别人光鲜的一面却不知道黑暗中他们含泪爬行的一幕，所以，有些时候甚至大多数时候受点委屈、有点挫败是对你们的磨炼和考验，不要一有点困难就哭天喊地，更不要抱怨，除了你们自己谁都帮不了你们。孩子，人活着除了金钱还有更重要的东西，那就是做人。做人就要顶天立地，不要贪图享受，更不要惦记别人的东西。是你们的，迟早要来；不是你们的，终将离去。永远记着：不是自己的不要羡慕更不要想入非非，属于别人的东西迟早要还的。孩子，在这个世界上没有永远的敌人，更没有永恒的朋友。友谊是建立在相互尊重的基础之上的，不要一味地索取。要懂得付出，要懂得忍让。孩子，还有一点是父亲一定要嘱咐的，那就是人在屋檐下一定要低头，而不是书上说的不得不低头。因为，不得不低说明你们心里还有气，而一定要低头说明你们已看清形势。退一步海阔天空，记着忍让不是说明我们软弱好欺，而说明我们学会了生存。逞匹夫之勇，除了带给我们悔恨和泪水，别无他用，所以，一定要记得爸爸说过的话，用心生活，用脑处事，活着比什么都重要！

孩子，关于理想和追求我想说几句。人活着都要有信仰更要有理想和追求，但是这是要面对现实和符合实际的，生活的理想就是为了理想的生活。不要不切实际的乱想，更不要因为一时的冲动而败走麦城，更不要像刘备一样为了感情而丢了江山。还有一点就是关于感情，你们还小，也许不明白什么叫爱情什么叫感情。有时候为了一点点事而寻死觅活，这是万万要不得的。每个人的一生其实都是一定中的未定，这好比是明天早上一样。也许你不知道明天早上六点十分会发生什么，但到了那个点该发生的事一定发生，谁也阻不了。爱情和人生也是如此，无论我们如何珍惜和拼搏，该走的一定会走，而留下来的就是最好的。这是宇宙的运行法则，更是人一生中的必经之路。

孩子，最后一点就是父亲要教会你们感恩。在你们人生的每一个阶段，当你们遇见困难时总会有人出现。他们就是你们的贵人，可等同于父母，一定倍加珍惜和尊敬，要时刻记着：受人点水之恩，他日当以涌泉相报。

以上，是我要和你们姐弟俩要说的话，当好好省悟，好自为之。

希望你们永远快乐，永远记得我说的话。

2020 年 5 月 17 日，夜
你们的父亲，亲笔

五月的最后几天

这个五月本是个阳光灿烂的月份，疫情过后全国一片晴空万里，更是有五一假期来锦上添花。

然而，这个五月我过的并不轻松甚至可以说是很累，而且焦灼。

当夜幕降临时，抬头望望天上的星空，心情有一种无比的轻松，但是当低下头重新回到现实生活时，一种莫名的恐惧伴随着一种巨大的压力让我几乎站立不稳。我不知道是否人类一出生便开始了受苦的旅行？当哇哇的婴儿啼哭声传入母亲的耳中时，一份新的责任便产生了！想想人的一生真的不容易，为什么有着太多的言行不一？为什么有着太多的钩心斗角？为什么有着太多的事与愿违？是我们的欲望太多，还是我们的心不够宽宏？是物欲大过了精神追求，还是我们一开始就没有坚定的方向？我只是觉得好累！如果说体累，那我还会调节和坚持；但是现在是心累，是那种失望的心累。

我常常在熟睡的儿子身上寻找坚强的力量，摸摸他幼小的手，亲亲他红红的脸蛋……我原本是想给他一片晴空万里，没有想到有一天我会躲在他的身边避雨，让他那幼小的身体给我调节的力量。

如果，我是说如果。如果生活可以重来，我只向往做一个一无所有的人。那样可以无牵无挂，一个人向着远方流浪……

2020 年 5 月 28 日上午

漫长的夜

当夕阳西下后

夜幕悄然降临了

当星星闪烁时

夜整个黑了下来

当我抬起头时

看到了整个夜空

当我低下头时

却不见脚下的路

当我回头四顾

却只剩下一个人

天啊！夜啊！

是因为白天短暂

还是黑夜太漫长

为什么为什么

刚刚黎明又到黄昏

原来我一直在黑夜中徘徊

原来我一直在酒醉的路上……

2020 年 6 月 10 日

书店一角

一连几天心中有着太多的语言，却找不到一个可以诉说的地方。今天中午恰逢路过新华书店，于是便停下车子进来休息片刻。

从小学到高中到大学，除了家就是新华书店了。虽然生活的原因不能和学生时代一样捧着书边吃饭边阅读了，但是那时的生活和读书习惯是今生永远都不会忘记的了。

按照要求扫码登记后，我点了瓶山泉水随便找了个地方坐了下来。圆圆的阅读桌周围摆了四把藤椅，我找了里面右侧的座位坐好。书店内有几个十七八岁的学生模样的孩子正在专心致志地看书，仿佛他们就是这书店的主人，自然而又亲切。

我打开了那瓶水，这不是一瓶普通的水而是商标的标志上写着"阅伴·天然"。此刻我在想，这瓶水和其他水表面是一样的晶莹而透彻，纯净而甘甜。只不过这表面看似一样的背后却有天壤之别，单不说营养成分来说就是这高贵而典雅的名字也是那样的令人向往……

我在想人与人之间，也如这瓶水一样。外表的穿着打扮亦不过是现象而已，其实思想和内心的善良和高尚才是做人的必备品质。有些人表面光鲜而又亮丽，其实内心世界是无比的阴暗，也许到什么程度只有他们自己才知道。

我再次拿起那瓶水，一连喝了几口。我没有心情去看书甚至连拿起一本书的勇气都没有了。连日来的委屈，连日来的痛苦，都伴随着这天然水进入了肚子里。我已经没有了眼泪可流，早在几天前在香烟和啤酒的相伴下已经流干……

四个座位，这一刻只有我一个人。我知道人生的道路三分靠打拼七分天注定，有时我们付出的越多努力越多，却不一定有好的结果……

这书店中的书籍让我感受到一种莫名的鼓励，也许曾经这里也是我的家……可是，这一刻它已换了主人，把原本属于我的一切夺了去……

我依然坐在书店中的一角，桌上还是放着那瓶印有"阅伴·天然"的山泉水……

2020 年 6 月 11 日中午

夜幕下的这座城市

外出去走访客户回来时已是夜幕降临了，我选择了离家近一点的城市——邹平，下了高速。

重修后的 G20 青银高速在灯光的照亮下显得分外壮观，一边四车道客货分流的设计让驾驶员有一种扬马策鞭的感觉。车子行驶到邹平东，心忽然放松了下来，"终于到家了"。

眼前的这座城市，曾经是全国百强县前十五强，曾经引领着一个时代……这里也曾经是我的家，茶余饭后漫步于人工湖畔，夜幕降临走在步行街上，周末周日游玩于黄山脚下，节假日攀登于鹤伴山脉……

邹平一座位于济青之间的小城，如今虽然跃身县级市但老县城时候的一些建筑仍在。在人们心目中它依然是那座载着希望和放飞梦想的城市，先不说范仲淹"先天下之忧而忧，后天下之乐而乐"的宏伟大志，单就魏桥创业集团前董事长张士平先生的"东有张瑞敏西有张士平"的双张名气就已经让邹平在全国乃至亚洲远近闻名了。

邹平的山，邹平的水，邹平的啤酒味更美。先有琥珀啤酒留给六七十年代的人们回味悠长，后有雪花啤酒——永闯天涯遍地开花，省内外驰名。夏天的夜晚三五知己盘腿席地而坐，每人几瓶啤酒心早已跑到天涯海角了……

这座城市留给我太深的情，就像爱情。我付出了青春的全部曾经用心去爱过它，经营过它……每当从这儿经过，我总有种亲切感，像是家又像是曾经工作生活过的地方，但除了这儿，就是我现在的农村的家了，其余的无论在哪儿都没有这种感觉。也许，在我的生命中在我的内心深处已经把这当作自己永远的家了。

生活何尝不是如此！当我们用心去做了，当我们付出了几乎是生命的全部去对待一切时，结果可能让我们难以接受，结局也许让我们悲痛欲绝。然而，我们有没有真正想过，我们有没有亲身体会过，其实我们很享受那种过程。至于结果，真的已经不那么重要了！人生亦是如此，我常常在经过农村的路上看到这样一幅画面：有许多老人手里拿着扇子，眼睛望着远方……布满皱纹的脸上写着人间的沧桑。他们有的也许毕生都没去过城市，有的也许压根没离开过生活了一辈子的土地，但是他们一样有着追求和向往。你看那布满老茧的手在点燃那只用纸卷的旱烟时，也是坚强有力……因为他们曾经也是十七八岁的少年，有过爱，有过理想……岁月的沧桑虽然让他们渐渐老去，但他们生命的过程始终坚强。

城市也好，农村也罢，其实重要的是我们的心态。昨天的故事，今天的生活，明天的梦想，都将是人生路上的时光。

邹平，一座我生活过的城市。邹平，一个载着梦和理想的地方……

2020 年 6 月 16 日夜

醉美的清晨

好久没有像今天这样闲下来看一下这绿色的家园了。破天荒地早上 4 点就起床了，睡意朦胧中开始了一天的工作。

天空中虽然飘落着细雨，却更增添了些许诗情画意。几只小鸟在枝头叽叽喳喳叫个不停，风吹着树叶在枝头摆动，加上清晨清新的空气，在这免费的天然氧吧尽享田园生活的温馨和舒适。

我一个人沿着小路走着，陶醉在这辛勤付出的家庭园林中……

我不再有什么宏图大志，而是更钟情于这三亩半地的棉花和花生，携妻带子牵女围坐在自制的木桌旁吃碟咸菜喝点淡粥，一个馒头足亦……我更不会奢望天上掉馅饼，中个大奖走个仕途，那样的梦不有也罢。

我习惯了一日一餐，既减肥又省钱。只是不知道是否有一天，这样的生活还会不会重现？

人生十有八九多不如意，走着走着一切就淡了……

田　野

迎着夏日雨后的微风，我走在田野中……

路旁的白杨树在风吹中潇洒地站在，枝头的喜鹊不停地在歌唱。脚下的玉米苗正在雨后茁壮的成长，我走过的地方绿苗正在手舞足蹈……

我抬头望了一下远方的田野，天空中的燕儿正在追逐玩耍。我心无声用尽毕生的力量深深地吸了口气，这是来大自然的空气。这儿没有车来车往，这儿没有你争我斗，只有新鲜的空气任你自由的呼吸……

夏日的风也有凉爽温柔的一面，像是恋人在风雨过后牵手在一起相依相拥。我站在树下静静地望着远方，望着远方，望着太阳升起的地方……

2020 年 7 月 1 日上午

寂静的夜

当夜幕降临，眼前的世界进入了寂静而又深沉的夜⋯⋯

一个人拿起手机漫无目的地翻着朋友圈，或喜或悲、或笑或泪，谁都可以欺骗唯独骗不了自己。白天的生活轨迹依旧清晰地在脑海中浮现，只是内心深处有个声音在问自己：是否一切如意？一个人淡淡的一笑，是又不是⋯⋯

远离了职场放弃了闹市，一个人走向了远方。说远是说心的距离，说近是说百度的声音。曾经那些风起云涌的日子，曾经那些心比天高的年龄，如今已是平淡无奇。夜幕下喝一杯苦咖啡而或冲一杯绿茶，慢慢地享受生活，品位人生⋯⋯

朋友勿多，知己一人足亦。有时有些人懂你，有时候你懂有些人，那是心的融合思想的统一。

夜深了，我依旧一个人在静静地等待⋯⋯等待梦的出现，等待明天的太阳⋯⋯

2020 年 7 月 29 日子夜

雨一直下

　　下了一夜的雨还在继续，打开窗帘向外看去的一刻整个世界在雨中……

　　我的心情像是天空中的雨滴，在大雨漂泊过后终于有了暂时的安宁。随着风儿轻轻地滑落的雨滴在这个清晨给人们送来了凉爽。在到了一定的年龄终于明白：人生就像是一场雨，迟早要下。或大雨瓢泼，或细雨蒙蒙，或晴日雨滴，或有雷无滴呈现出五彩缤纷的人生。人活着喜欢的就要勇敢地去追求，梦想的就要努力地去争取实现，至于结果像是天空中的雨看似随意实有定数。

　　我喜欢下雨的天气，喜欢在寂静的夜听雨落的声音，喜欢在清晨看风雨起舞的步姿……就这样一个人望着窗外忘掉所有的过去，重新开始！

2020 年 8 月 2 日

暴风雨来临的前夕

天黑压压的一片，空中乌云密布，遮挡住了整个有光亮的天空。整个世界一片寂静，树叶一动也不动，天闷热而又阴沉，仿佛要有大事发生一样。

站在马路上沐浴着柏油路带来的汗蒸，头上、脸上、身上全是汗。身边的路上燕子飞来飞去，飞得很低，像是要亲吻大地一样。看到它们无拘无束的自由飞翔，很是羡慕和向往。

我在看着周围的花草树木，绿的叶、红的花、五颜六色的紫叶李，立在那一动不动，高矮不一，乱中有序，像是高一军训的新生，又像是古代朝堂之上的文武官员好不威武。谁说草木无情，它们明明是人类最好的伴侣和朋友。要说无情也是人类，惊扰了自然的梦境。

天空忽然下起了雨，是细小的雨滴，滴在车窗上晶莹剔透，好不喜人。连日来的燥热和干旱在这一刻终于要有转变，虽然没有雷声但是似乎听到了响声……久旱望甘霖，心燥欲清静，听是下雨的声音……

我喜欢下雨的天气，更喜欢下雨的日子。雨中的世界别有一番情调在心头，雨中的世界让我们忘却过去的烦恼和忧愁。

细雨中我们无须撑伞，只管尽情享受上天的恩赐；小雨中我们静心漫步，只为洗去人间的灰尘；中雨来临我们轻撑雨伞，在雨中与风共舞；大雨倾盆而下我们匆匆赶步，在雨中欣赏这水帘世界。

暴风雨就要来了！眼前依然一片寂静，谁与我一同行走在风雨中！这一刻，我无语……因为风已过雨已停，已经翻过了高山，又何惧这陆中的大海！

2020 年 8 月 4 日下午

生活随笔

记忆中关于时间和年龄的一个词，习惯用"春秋"来释义和界定，如今又是一年"秋"来到。有着太多的人生感悟，也有着岁月催人老的无奈和青春逝去的怜惜之情。

曾经的我们也像我们的儿女一样，有着天真烂漫的童年，有着无拘无束的少年时光，当十六岁的花季到来时也曾有着美好的憧憬，当渡过了苦涩而又难忘的高三生活仿佛进入了天堂。大学的生活表面丰富多彩实则是人生踏入社会，锻炼自己自立、自理、生存能力的开始。这是人走向社会前的人生最宝贵的精神财富获得期，也是有情男女缘分的终结之地。如果播下努力拼搏的种子，将会收获别样的人生；如果花天酒地歌舞升平将会为中年的人生留下隐患、埋下祸根，所以，也在新一年大学开学之际向所有 2020 级大一新生说一句："做事先做人，做人诚为本，学生时期学习第一。"希望你们牢记。

等有一天大学的校门向我们关闭，再回首已是人生的另一个天地。我们不需要有将相之求，那都是糊弄人的，但我们应有上进之心，至少为了父母，为了我们的亲人更是为了自己。走向社会后不要以金钱去作为衡量人成功与否的标准，更不要被一些所谓"谁谁学习倒数第一成了首富之类"的话蒙蔽了自己。因为我们追求的东西不同，精神世界也就不同。腰缠万贯也掩饰不了内心的粗糙和无知，高楼大厦一样比不了三味书屋。只要我们问心无愧，只要我们凡事对得起自己的良心，粗茶淡饭一样长命百岁；只要我们人生有所追求，破衣烂衫我们一样堂堂正正。

到了一定年龄，该舍的酒场一定要放下；到了一定年龄，该断的朋友一定要了断。不要将自己宝贵的时间用在灯红酒绿的世界，抽点空闲多陪陪父母多陪陪子女，要珍惜时间，珍惜当下。记着一句话，"真正的快乐都是免费的"，请永远记着朋友。

又是一个春秋！生命的年轮由无数个春秋组成。朋友，且行且珍惜。

2020 年 8 月 17 日

成功的脚步声

当你选择了开始，就不要轻言放弃！
用你足够的毅力和耐心去坚持，
在历经一番挫折和困难之后，
只要你还勇敢地活着恭喜你：
世界又重新回到了你的怀抱。

当你选择了拼搏，就不要怀念过去！
用尽你毕生的力气和所有的智慧，
在历经一段绝望和痛苦之后，
只要你能笑着看待世间的一切
生活又让你燃起了奋斗的欲望。

坚持、坚持，再坚持！
努力、努力，再努力！
耳边的声音就是风声，
脸上的汗水就是雨滴；
接下来就是成功的脚步声……

2020 年 8 月 28 日

秋雨的夜晚

又是一个夜晚来临，只是与往日不同今天的夜晚天空下起了小雨……

记不清有多少个夜了，总是回来得很晚甚至凌晨。今天是让我感到轻松的一天，早早地安排好该发的货物，趁空闲之余赴了场宴席。老实说整日的劳作已经让我无心融入到灯红酒绿的宴会中，电话一个接一个响起……日均上百个电话的频繁应酬让我的大脑整日的处于战斗状态，我不知道哪儿来的精力，似乎有一种无形的力量在激励着我一路向前！

今晚真的非常高兴，因为我喜欢下雨的日子。天空中飘洒着细雨雨滴打在窗上，有节奏地响着、响着……夜很静，除了雨滴滴答答的声音就是我的心声了。

很享受这样一个夜晚，一个人静静地坐在书桌旁望着漆黑的夜，听着雨滴的声音。好美！好美！

2020 年 9 月 15 日夜

夜

又是一个子夜，梳理完今天的工作又到人静夜深之时了。

几乎每天都是这个时刻回来，有时候也很想放下一切好好休息一下，哪怕一刻钟也好，但是有太多的事让我不得不奔跑于黄河两岸，看着车来车往的黄河大桥望着波涛汹涌的母亲河，有一种自我鞭策的冲动和坚强。

老实说这十多年来经历了人生太多的事，许多时候甚至想到了放弃……但是，当走过了那段最艰难的日子一切慢慢好了起来。其实人生中会遇到一个甚至几个贵人，可能他们能力、地位、金钱都不显赫出众，但是在你人生的低谷时他伸手拉了你一把，你就活了下来……这就是你的贵人，永远不要忘记！

到了一定的年龄，我们就会慢慢明白人生最快乐的事情莫过于做自己想做的事，做自己热爱的工作，过喜欢的生活。记得一句话：要经营自己的长处，发挥自己的优点。有时迫于生活可能机械般的工作，但人生自我价值的体现在展现淋漓尽致的自我。爱唱歌就大声唱出来，爱跳舞就尽情跳；爱习文就多写，爱武术就广交朋友……总之，别太委屈自己。

明天一切都在梦里，好好把握今天珍惜眼前，丢掉昨天吧！因为幸福是一刹那的感觉，幸福很短暂甚至你来不及回味……

夜，一个平凡而又真实的子夜！

2020 年 9 月 21 日

随　笔

不知不觉中时针又指向了 23 点，坐在沙发上我感到些许疲惫。连续几夜休息到凌晨一两点钟，实在有些支撑不住了。

自从开始了木皮生意，属于自己的写作时间便渐渐少了起来，有时甚至一连数天没有时间去写点东西。也许时间会冲淡一切，也许岁月会把心灵净化。总之，之前哭娘喊爹的许多大事，如今竟如轻风一吹而过。让我不得不重新审视自己的选择，重新制定我以后的人生规划。

原来当我们把所有的在乎放弃的一刻，奇迹竟然这样出现了。当你把全世界都捧在手里时，其实已经失去了自我；然而，当你放弃了一切功名利禄去疼爱关心自己时，看似失去的一切又回来了。原来以为自己为了全世界自己就会被全世界拥有，现在来看却是自己内心充实了、富有了就会拥有全世界。

夜在不知不觉中深了，在下一个黎明到来之前也许我还会在黑暗中辗转反侧但却一定会在第二天的清晨去迎着阳光努力拼搏。农村的夜虽然没有灯红酒绿的城市夜空，却拥有万籁俱寂的宁静和繁星点点的天空。在这人们熟睡的夜，我在思索着什么……思索着什么？我无从回答，原因我不得而知。

2020 年 9 月 28 日子夜

奋斗在路上

好久没有静下心来写些东西了，尽管工作很辛苦但还是禁不住拿起了手机，哪怕三言五语心里也会舒服很多。有时候觉得很累，很辛苦，好想一个人去登登山、看看大海，终是想想。有时真的累了，一瓶红牛一个面包一瓶啤酒几棵小葱便是丰盛的午餐了。有时压力大了，车门关的严严实实，一个人大喊几声，甚至莫名的流泪。

那是委屈的泪水，那是无助的泪水，那是通往成功路上奋斗的泪水。有些夜晚也曾一个人守着一箱勇闯天涯，在家里开始了一个人的接力赛。一瓶一瓶又一瓶，直到箱子空空，醒了都不知是如何喝光的。这些日子忙于生计忙于工作，累但充实而且快乐，让我重燃奋斗的希望。我之前并不喜欢王者归来这个词，但这几天却超级喜欢上它了，这是一种自信更是一种力量，指引着我前进的方向鼓励着我战胜重重困难一路前行。

曾经缔造过木材行业的辉煌，今天我要续写木皮华章。之前我总是谦让，今天我要昂起头、挺起胸膛，磊落做人踏实做事。我坚信一句话：没有比人更高的山，没有比脚更长的路。生命不息，奋斗一直在路上……

2020 年 9 月 30 日凌晨

生　日

　　每个人都会记得自己的这一天，但却是在长大以后。今天是我儿子四周岁的生日，因生活和生意琐事我没有给他买礼物。

　　开车在路上时，一连四个未接，是儿子打来的。还没等我开口说话，电话那头便传来哭泣的声音：爸爸你在哪儿？你什么时候回家？我想你了……那一刻，泪水无节止地流了下来……这几天我正在经历着许多事，真的是没时间陪陪他，更没有蛋糕，有的是幼儿园老师教的舞蹈，跳得好可爱！

　　后天是女儿的生日，蛋糕本不想省的，可孩子的妈妈非要一起吃我也没办法。俗话说孩生日娘苦日，伟大的母亲今天说了算！只是苦了我的娃，唯一的生日礼物是我带回来的一颗大石榴，儿子说：爸爸，我最爱吃石榴了。

　　我泪奔了……不要再用世俗的眼光去看这个世界，因为我们曾经从他们身上得到过快乐和力量；不要把希望全部寄托在孩子身上因为他们有自己的方向……

　　孩子，生日快乐！属于你也属于你姐。我是你们一生的后盾和榜样！

2020 年 10 月 9 日

再次路过滨州

　　早上起床时窗外下起了小雨，让整个城市的面貌焕然一新。我喜欢下雨天，尤其是像今天的这种细雨。徒步走在雨中简直是一种享受，一种来自大自然的洗礼……

　　忙碌的生活在一场秋雨到来时得到了片刻休整，望着雨中飘落的法桐叶子又想起了那句堪称经典的话：一叶落而知秋！一片片落叶随着秋风吹落，当完成了春夏的艳丽和秋的成熟而去了冬天的大地，回到养育自己的故土。

　　一个人驱车漫无目的的来到了滨州，依然选择了黄河五路，这里曾经是我上学的地方。有我的母校、老师和同学，当然也有我青春的足迹。

　　我自东向西慢慢地行驶，两旁的建筑是那样的熟悉又是那么的陌生。在这座新起的城市中我只是一名过客，我曾经也是它的主人而今天却成了一名匆匆而过的陌生人……

　　时间真的好快，二十年过去了。记忆中的课堂如在昨天，老师和同学的身影还在眼前，只是没有了昨日的单纯和梦想。如今成了一名名副其实的社会人，虽然偶尔吸烟却是经常饮酒，烟中弥漫着生活的迷茫，酒中隐藏着生活的苦涩。传说中的生活是多么美好，书本中的人生是多么丰富，而这一路走来却像一直在梦中……

　　车子马上要上高速了，下一站是哪？我不得而知，但有一点我非常清楚要离开滨州了，虽然有些伤感但依然是微笑着离开……

2020 年 10 月 14 日

生活随笔

夜渐渐深了，城市的灯光依旧掩饰不住夜的寂静和漆黑。

今天是九月的第一天，按照农历计时再有四个月便又是春节了。这飞一般的日子让人有些措手不及，还没有从年初的疫情中完全解脱出来，又有一股冷空气接踵而至！真是一个多事之秋……

九月的第一天心情还好，一切都很顺利。感谢今天所有的遇见，感谢所有的陪伴。

夜，在不知不觉中静了下来。窗外除了小区的路灯外几乎没有了灯光，偶尔的房间内的灯光像是谁家的孩子在刻苦学习。此时此刻，我的心完全放松了下来。连日来的劳累和生活琐事加上生意场上的来来往往，这一瞬间我已抛之脑后，一个人打开了一包啤酒开始了接力赛……

我知道夜深人静的时候睡不着的人都是有故事的人，有的是为了生活，有的是为了事业；有的是为了爱情，有的是为了追求，而我，只是为了让自己能静一会了。曾经我也有过梦想，也曾为了追求一个人流浪天涯海角；曾经我也有过辉煌，也曾登泰山而小天下。如今，一个人在这漆黑的夜里一瓶接一瓶地喝酒……

年轻的时候喜欢一个人可以放弃一切，然而现在爱一人却是珍惜身边的一切。这不是懦弱而是人成熟的开始，真爱无言大爱无疆。祝一切安好，我的家人，我的朋友，我所认识的每一个人！

说实话，心情好的时候一个人喝上十几瓶啤酒醉不了。可是，心情郁闷的时候几杯酒下肚就已有泪珠滴落桌上。人活着，真的不容易。你在，我在，世界在！

2020 年 10 月 17 日夜

三头驴

中午途经 220 国道，恰逢路旁有一辆六轮，车上拉着三头驴。

车是停在路边的，所以车上的驴儿这一刻倒也悠闲。有一头是趴在车上的，同样的肤色一样的结局——进屠宰场，命终究自己说了不算。如果碰上走运，进入养殖场也许多活个三年五载，只是又有多少机会！

看着这弟兄仨个我又想到了自己，经常有人拿我开玩笑：绷着个驴脸！仔细看了看，你别说还真挺像。乌黑发亮的眼睛，苗条瘦骨的身材，莫名其妙的脾气……

我的车子停顿了约有两分钟左右，又想起了柳宗元的那篇《黔之驴》，这黄河北的毛驴是否也能有幸被描写到名家笔下……

2020 年 10 月 22 日

乡村夜声

搬回老家住快一个月了，由于忙碌忽略了写些许东西。谈不上是半个文学爱好者，却也知晓几个文人，读过几篇文章，背得几首诗词。

如今的社会，许许多多的人思想浮躁，沉不下心来做些事情。急功近利的多了，追求一夜成名的多了，梦想一夜暴富的多了，贪图享受的多了……诸如此。

人们已经开始意识到读书学习的重要性了，可是读书学习的目的是什么？我想每个人都有自己的理由和答案。有时，我一个人在静静地想，我们读书、学习的目的是什么？为了工作、生活，理想而或其它，是又不全是。其实，有些时候连我们自己也说不清楚，因为有些东西已失去了它原有的味道和意义。有些时候你越想努力地去弄明白些东西，就越不明白。所以，脚踏实地一点也好，喜欢什么就去做点什么。读书、看报是爱好，画画写字也是爱好，打牌玩游戏亦是如此，不同的是你读书后有什么收获，画画的寓意何在？是为了读书而读书还是为了画而画画？你懂得。

自古以来有许多经典故事，有许多历史典故，赞扬夜间的勤奋学习。然而，今天多半是白天工作亦或生活压力大而夜晚才难以入睡，于是出现了夜听、夜读、夜话，我想在寂静的夜对着天空喊，却怎么也喊不出声，索性称其为夜声罢了。其实，有些时候写的东西乱七八糟毫无规章可言。有些时候写的东西回头再读，自己竟也疑惑其义何在？如是，也算不得文章，充其量顶多称得上"杂文"或"文杂"罢了。乡村的夜，静的只有闹钟的针播声，不停地在朝前走着。旁边这会传来儿子的呼吸声，由于白天的嬉闹，有节奏的在我耳边响起，静得让我听到了我的心跳。就这样静静地，我半躺在床头，没有灯光，没有纸和笔，也没有以往的浓浓的茶叶和淡淡的茶香。

此刻，我静静地在聆听着这乡村的夜，这远离城市的乡村僻土，这养育我成人的小村庄……静静地，静静地，静静地。我什么都没有想，只是在听，静静地听，认真地听，几乎用尽了全身的精力。这一刻，我大脑一片空白，我竟忘记了自己，忘记了一切，一切都没有了概念。我想，这大抵是静坐静听的缘故吧。没有结尾，没有终点，此时此刻任凭思绪在这乡村的夜飞舞，飞舞……

2020 年 10 月 27 日夜

179

秋思夜

秋深夜静望星空，水热茶熟思苦冥。一盏台灯伴我醒，半生将至无建功。曾经沧海难为水，童心虽真已无存。只身难迎世间事，野渡无人车自停。纵有豪情多壮志，无处挥笔泪湿巾。子夜虽至无眠意，心有不甘问苍天。自古人生谁如意，翻阅史书无一篇。吾虽民间一莽夫，心善意坚盼明天……

2020 年 10 月 28 日

写，在冬天……

记不清有多少个日日夜夜了，忙忙碌碌的身影一直到凌晨一两点钟。是生活的繁忙淡忘了时间还是时间的飞逝冲淡了生活？我一时竟给不出答案。

闲下来的时候也希望能泡上杯茶，在茶的香气中慢慢品味这生活的苦涩、这人生的酸甜。只是，这忙碌的生活中有太多要说的话，有太多要写的东西……

当我们不再年轻，当我们头上悄然间增添了白发，也许昨天还山盟海誓般的厮守已在花开花落间天各一方；也许昨天还拼命争取的名利、地位、金钱已在日出日落时随风而去。是生活让我们丰富了阅历，是生命让我们懂得了取舍，是时间是我们不再年轻。城市也好乡村也罢，真正的富有不是名车、豪宅而是深刻在我们内心的善良和气质，金钱或物质终有一天会变得不再重要，而我们与身俱有的气质和善良将会永远留下来。在这个浮躁而又尚欲的年代一切都是那么顺理成章，一切又是那样让人难以抗拒。只是，人生的最后我们竟成了最大的输家。一生的忙碌一生的追求，无一留下来。比那些废纸的多少，已没有了意义，所以，活着是最重要的事情了。当然，比活着更有意义的事那就是为了追求为了价值而献身。这需要勇气，更需要机会……

也是在昨天，我还憧憬着两年买车三年买房……还怀着满满的希望行驶在前进的路上。然而今天的我突然间像是明白了什么，不再去奢求所谓的名利与金钱，而是要清除一下残存的垃圾，净化一下自己的心灵。与人比，人外有人；与山比，山外有山；与己比，我正在努力……

捧一杯清茶，读一首古诗；游走于乡间的小路，思索生命的归宿。也许明天的我粗茶淡饭，也许明天的我偏居乡村的一处，只是这简陋的客厅和卧室内有一盏永远亮着的灯。那是对生命的热爱和对人生的诠释。朋友我在不远的地方等着你。

2020 年 11 月 13 日上午

周末随笔

又是一个周末，对于我这类没有上下班的生意人来说其实每天都是在上班，更是每天都是假期。

我们哪里有上下班点啊！朝七晚五也好朝八晚六也罢，都是对上班族而言。正如钱钟书的《围城》，上班的人都看着做生意好，一能挣钱二能吃喝三能周游世界，却不知道风霜雪雨背后那鲜为人知的故事和起早贪黑的辛苦不易。为了家庭为了生活多少人放弃了自我置身于一种忘我非我的境界，硬生生把泪水当汗水融入进了生活之中。自由职业看似无拘无束实则早已进入了一种无形的枷锁，让人无法摆脱，就像热恋中的女人已经完全失去了自我。

当又一个夜晚来临，又有一个故事开始了……

我知道有许多朋友在深夜依然在生活拼搏的路上，更知道许多的朋友在时刻关注着我。我从心底说声：谢谢！你在关注我的同时，我也在惦念着你们。风雨路上我们一齐努力，去迎接明天的朝阳……

2020 年 11 月 13 日

冬夜听雨

北风伴着冬雨终于来了，枝头的黄叶迎风而舞，落叶遍地而是。下雨了，终于下雨了……

2020年是不平凡的一年，注定风雨同行；2020年又是新的开始，播下了希望的种子期待着了好运早一天到来。

年初的坎坷让我们记忆永存，生命的珍贵高于了一切物质的东西。当万众一心众志成城的一刻，我们战胜了一切。没有比人更高的山，没有比脚更长的路，当我们战胜了自己突然间发现世界就在脚下……

相对于爱情的山盟海誓，更为成熟和理性的其实是平平淡淡相守到老。那些狂躁的激情和年轻难以自律的爱终不能称作真爱！爱情的最高境界便是如今天晚上的风和雨，多数时候都是平平淡淡的，偶尔也有风雨交加的时候。如果你把它当作故事来听，反倒是非常的美丽动听，风助雨威雨携风行……

生活是复杂多变的，人生是充满坎坷的，但是，只要我们拥有一颗听雨的平常心一切会像是在演电影，下一刻就会有奇迹发生。人生也一样，没有谁会随随便便成功。大多数人往往只看到了他人成功的光鲜，却从没有去琢磨成功者背后的艰辛……

在我的眼中高楼、豪车、名牌穿戴只是一个人在追求物质的奋斗中成功的一小部分。真正的成功不是名下的万贯家产，也不是呼风唤雨般的社会人而是在活着的时候战胜了一个接一个的困难，完成了一个又一个的目标，脱离了世俗超越了自我。真正的成功已不再去关注自己是否名利双收，而是放下了争斗去活出真正的自我。刘禹锡的《陋室铭》中写道："山不在高，有仙则名。水不在深，有龙则灵。斯是陋室，惟吾德馨……谈笑有鸿儒，往来无白丁。可以调素琴，阅金经。无丝竹之乱耳，无案牍之劳形。南阳诸葛庐，西蜀子云亭。孔子云：何陋之有。"此人生境界若是可达，则此生已是跳出红尘外，静听风雨声了……

朋友，谁的人生也不会一帆风顺，谁的生活也不可能事事如意。当你在低谷的时候，一定记着这句话：坚持一会儿！当咬牙挺过了这一会儿，希望之门已经向你打开。相信我，朋友。加油！

窗外风还在刮，窗外雨还在下，这是天意，但我们可以打伞，我们可以避风而行。真正的阻碍往往是我们自己，真正我们无法跨越的往往是我们那颗忽冷忽热的心……

朋友风雨中我愿与你结伴同行，在这个风雨交织的夜晚一起聆听大自然的歌声。

2020 年 11 月 17 日晚

工作一角

这几天恰逢阴雨天，天空中飘着细雨，头发已是被雨滴打湿了。我没有打伞依旧站立在车的旁边，因为此时此刻我的装卸工师傅们正在装货……

如果说这个天气在家里泡一杯茶，看看书而或者看看古装剧是多么幸福的一件事啊！可是为了生活我仍然要继续努力拼搏，在这个过程中奋斗的快乐已经超越了金钱。在每天的辛勤付出中吃苦已经成了一种常人难以理解的享受……

由于天冷的缘故再加上细雨不断淋湿了头发，我身体抖得厉害。于是便跑到了车里，从早上到现在还没有吃一点东西，又冷又饿。我整个身体蜷缩在车内，伸手摸了下副驾驶上的方便袋，里面有早上妻子给我放上的烧饼。三两口下去又喝了点水，顿时觉得好多了。这也许是这一年来我吃过的最好吃的一顿饭，一股暖流进入了心田。什么高楼大厦什么山珍海味，这一瞬间都无法与我这两三平方米的车内和这两三块钱的烧饼相媲美！这一刻也终于体会到朱元璋早年吃到的"美餐"了。

雨一直在下，我的心中晴朗一片。我在想也许未来的日子里还会有风有雨，但是我一直在追求梦想的路上；未来的生活中依然坎坎坷坷，但是我为了理想永不放弃……

2020 年 11 月 21 日

时光感悟

过了明天就是 12 月份了，2020 年在半睡半醒中渐渐远去了。

回头看看今年如在梦中，迷迷糊糊地来到了阳历十一月份的最后几天。心里有太多的话想说，却一时什么也说不出来；手上有太多的工作要做，却一会呆立在那不知所措……

之前总是在夜深人静时写点什么，可接连几日的疲劳让我再没有彻夜通宵的勇气。为了早点休息几乎天天晚上和啤酒纠缠在一起，喝点也好，几杯酒下肚心中的世界便模糊不清了……

说实话谁人心中没有理想，又有谁心中没有追求？只是在这个缤纷的社会中现实掩埋了理想，生活遮盖了追求。像是恋人，初恋时山盟海誓，感情成了唯一。当柴米油盐进入了生活，曾经的天涯海角已经成为传说……

时间一天天过去，心中或有所想亦或有所念，却总是在刮风下雨的日子里。年龄一岁岁增长，望着远方久久凝视却总是在布满星空的夜里长叹！

我们也曾经年轻过，我们也曾经怀揣着梦想一路走到天涯海角；我们也曾经梦想过，我们也曾经踏上北下的火车亲临长城脚下。东奔至大海，感受海的胸怀；西走至秦棱，一睹古代帝王的风采……

曾经的那些日子已经逝去，曾经的我们今天已经不再年轻。但那些青春年少的故事如在昨天，那些风华正茂的挚友如在眼前。

我又打开了一瓶酒，泛着沫的酒香沁入了我的心田。端起酒杯也好想大声歌唱，放下酒杯也很想奋笔疾书……

谨以此文，献给 2020 年逝去的岁月。同时感谢近一年来陪伴、关心鼓励我的朋友，谢谢。

2020 年 11 月 29 日晚

兄弟，我想你了……

深夜的时针又指向了 23 点，坐在书桌旁我丝毫没有睡意。不是不想休息而是有太多的话想和自己说说。

今天家里有事，堂兄弟十几人又凑齐了。杯来杯往中谈起了许多杂事，却让我心中多了些许无奈。堂兄弟中我排行老二，弟兄们称"二哥"。平时大家都忙于工作、生活很少有机会凑在一起，只有家族中有大事才会坐在一块。如今兄弟十几人都已成家立业，已是成人了。见面后血脉里的亲情是谁也无法改变的，可是热闹过后还是想起了那几个没有血脉关系的"兄弟"。不是亲人却胜似亲人，三年两年不见兄弟情谊依然很深。有时闲了互相打个电话，有时累了叫声兄弟，有时有困难了毫不犹豫开口求援……

好兄弟间，一瓶二锅头一袋花生米加包榨菜坐在一起喝上一晚唠上一夜。好兄弟间，无论谁遇到了困难一个电话说走就走，说到就到……为了一句话摔杯而去转瞬间却又笑着回来，是情让兄弟聚在一起；是义让我们无私于兄弟。虽无古代"士为知己者死，女为悦己者容"，却是半夜三更上阵，起早贪黑为了兄弟。如今，虽是人到中年却非常怀念过去，想念我曾经的"兄弟"。今晚独自一人开酒闷饮，忍不住问一句："兄弟，你还好吗？我想你了……"

人生每一天都在拼搏努力的路上，有兄弟在的地方不再迷茫。我们活着不是简单地去比谁的寿命长而是去看一个人的人生价值。对于社会我们做了哪些贡献，对于他人我们有过多少影响？对于自己我们是否对选择无怨无悔，是否我们活出了自我在自己喜欢的行业发光发热？生命不息奋斗不止！

昙花虽然一现，却展现了生命的价值。正像雷锋同志虽然年纪轻轻倒了下去，但他的精神却影响着一代又一代年轻人。英年早逝的路遥用年轻的生命谱写了《平凡的世界》，虽然生命定格在 42 周岁却用思想影响了青年一代……

兄弟，你在哪儿了？最近好吗？我想你们了……

2020 年 12 月 5 日

子夜静想

又是一个夜晚来临，当这座城市不再车来车往、车言车语时，终于等到了夜幕下的安静时刻……

这一刻暂时忘却了白天的所有所有，沉浸在一个人的世界中畅想。生活的理想就是为了理想的生活，所以静下心来想想吃太多的苦受太多的累委屈自己不是绝对正确的人生奋斗历程。有时即使你再努力再拼搏，也不一定会得到自己想要的一切；有时你用尽平生的力量想尽所有办法，却发现自己是那样孤独无助……

当有一天你成功了！你所有的努力所有的付出在那一刻已经化成泪水尽情流淌。这是喜悦的泪水，这是委屈的泪水，这是经历了非常人能想象的苦涩的泪……"成功"二字是多么的牵强，无非是少数人物质化的代名词。而真正成功的是自己那颗已经冰冷的像石头一样的心又热了起来，不是为了他人眼中的所谓"物质化"而是懂得了人生有许多路必须要靠自己坚持走下去。也许十年，也许五年，也许三年两载。总之，只要我们一直在奋斗的路上，终会有一天你也会微笑着对自己说："原来我也这么优秀！"

夜深人静的时候，是一个人心灵忏悔的时候。静坐常思己过，无过便常行善积德。自己与自己常常交流，自己与自己经常谈心，久而久之你会发现夜的美丽和独处的心灵震撼力。

茶余饭后无序乱写，切莫照做。如有闲暇却可一读，仅此而已！

2020 年 12 月 10 日

醉酒当歌

　　酒醉不知归路，一人误入他处。想你我当初，曾经风云一时，现如今踏入漫漫征途！

　　遥想当年登山无数，把酒当歌与君同步。只是时过境迁，旧情全无。今晚酒过三巡菜过五味，却让我心生醉意，一切尽在内心深处……

　　人生苦短，道路无常。今晚只是吃酒随意，恰逢冬至，尽在我文中流露。

　　知否，知否？酒醉不想退路……

2020 年 12 月 21 日

致即将逝去的 2020 年

今天是个特殊的日子，在我们的生命中也许这个冬天真的难忘。

明天新的一年又开始了！

我不知道别人的目标和计划是从何时开始的，而我的奋斗是从元月一日开始的！今天也是 2020 年的最后一天，我依然拼搏在实现目标的路上……

这个冬天有些冷，但我们的足迹在雪地里清晰可见。就像岁月的足迹虽然已记忆模糊但永远留在了我们心中。

2020 年你我都在努力前行，炎黄子孙紧紧团结在一起。作为一名普通人，我们坚守自己的工作岗位，活出了最漂亮的自己，让这个冬天不再留有遗憾。

昨天已经成为故事，就让一切随风而去。忘了那些让自己心痛的事吧，丢了那些让自己难过的情吧。记得一句话：属于你的迟早会来，不属于你的得到也将很快失去。加油！

今天，唯有今天我们可以重新开始。我们可以制定个小的目标和计划，尝试着去努力完成，给自己和家人一个惊喜。我们能做的只有把握好今天，不论事情有多糟糕千万别轻易放弃。也许，峰回路转就在眼前；或许，千百次失败换得今日成功……

明天，就是新的一年开始了！当然我们要有美好的期待和美丽的梦想。留在心中不要说出来，要为了这份期待和这个梦想加倍努力。我们再累哪怕流血淌汗，可我们活出了自己，不会再卑微地去奢求别人。风雨中哪怕一个人大声呐喊而或放声歌唱亦或是一个人大哭，都是委屈过后胜利的泪水。人活着，谁都不容易。只要我们一直在追求理想和幸福的路上，那么我们虽然普通却仍然布满阳光……

致即将逝去的 2020 年，愿美丽伴你我渡过今天这个特别的日子。谢谢大家一年来的陪伴、关心和鼓励！我是你们的朋友。

2020 年 12 月 31 日晨

写给自己的 2021

终于等到了此刻，时间进入了 2021 年，我放飞梦想事业起航的第二年开始了！

子夜时分回首 2020，我没有虚度光阴而是在计划预期内顺利完成目标。当然在计划的完成过程中我吃了太多的苦，经历了太多的人和事，也明白了一些道理。我不再去抱怨什么，而是一个人静坐常思己过。之前自己丢失了许多东西，是因为自己的德行不够好，德才不相匹配。当从泥潭中走过，从死神身边逃出的一刻，就注定了我与之前不一样的人生。不在于拥有什么而在于心里有什么，自己活着去追求什么！在那些叫天叫地没有响应的日子里，我经历了什么？又有谁能够真的体会和明白？我是一个已经沉落到谷底一回的人，我又何惧这生活中的困难！于我这反到是一种阅历，教会了我如何做事，让我在春风得意时莫忘记寒冬腊月的孤寂和痛苦……

十二年了！十二年来的每一天我无时无刻不想着自己的梦，自己的理想和追求。

其实我并没有多远大的理想，只是想在自己的人生中留下一点生活的轨迹而已。我要的不是香车豪宅而是能在一个安静的地方读读书写写文章，但却像一个遥远的梦！

我时常在寂静的夜里一个人流着泪醒来，时常梦见自己在考场上考卷还没有答完便响起了铃声……如今，错过了花季来到了雨季，生活的各种酸甜苦辣在为人父母的年龄让我们丢失了曾经的自己。头上增加了些许白发，双脸渐渐多了皱纹。走在大街上虽然不情愿但也习惯了被人喊着叔叔、大爷……悄悄地，我在问自己：是否你过的如意？一个声音在耳边回响：我已找不到从前的自己，我在这人海茫茫的社会中迷失了方向……我再问：是否你过的如意，这次我只听到了一个声音在低声的哭泣……

生活啊！我知道没有谁更容易，我更明白没有别人的负重前行哪有我们的岁月静好，所以，我们要无时无刻要心存一颗感恩的心，哪怕是对手也要站在公平、公正而又不丧良心的角度去争分夺利。要知道，万事万物皆有因果，只要自己问心无愧便可有福报回馈。

2021，一个载着希望开始的日子！一个大有可为的年份，扬起理想的风帆去干一场让自己此生难忘的大事！

2022，回首 2020 我们已经是小有成功，展望 2021 我已经做好了迎接未来的准备。加油！加油！加油！

谨以此文献给自己，同时也感谢朋友们的一路陪伴和鼓励。谢谢！

2021 年 1 月 1 日凌晨

朋友之间

这几天遇到了自幼少见的冬天，一个字"冷"。不用任何词加以修饰，一个"冷"字足以代表了一切……

天冷倒是次要的，主要是心寒。朋友之间除了金钱，有时候感情应该是更重要一些，至少我是这么认为的。可是，作为朋友我们用真心未必换得真情，甚至有时候被别人认为"傻"。一块出去吃饭，我们总是喜欢抢着付款；一块坐车我们总是抢着买票……是我们傻吗？肯定不是，那是因为我们把友谊和感情看的比金钱和面子重要，所以总是抢着买单，凡事先替别人着想。可是，时间久了有人拿我们当傻子，认为他们智商高……

朋友们，请问是我们傻吗？在这个寒冷的冬天让我彻底明白了一件事：要学会拒绝人尤其是熟人。我们没有必要去看谁的脸色行事，没必要的酒场、饭局不要去，因为除了浪费时间还有可能伤到心。把我们不放在心上的人不要刻意去巴结和迎奉，你把他（她）看作比泰山还重，她（他）也许视你为鸿毛。朋友之间没必要遇见谁都掏心掏肺，除了看你的落魄和笑话没有几个人会为你雪中送炭！

所以，要懂得心疼自己，要明白我们是为了理想和追求而努力地活着。而不要卑微地活着，包括对任何人。我们可以穷，但要穷得有骨气；我们可以难，但要活得有尊严。青山不改，绿水长流，早晚有一天我们会得到属于自己的一切……

朋友，天冷了记得多穿点衣服，除了我们自己谁都真正代替不了我们。遇人，礼尚为先；遇事，三思而行。做人，真诚为主；做事，实在第一。如此，我们问心无愧；如此，我们无愧做人。

2021 年 1 月 8 日

断　桥

本是开着车的，但还是停了下来，心里像是有什么话要说的样子。

其实，以我现在的条件是绝对不允许我放下工作去来一场一个人的旅行，如果说在旅行的途中再来一点写作的话那更是一种奢侈。很多年了，我一直在坚持写作，那是我内心深处的梦。梦断在 1997 年的高考，后来虽然选了自考却与文学无关，以至于自暴自弃在文学上终于选择了安逸，在安逸中接受了现实。

今天开车又一次过黄河，本来是没有什么惊喜，因为天天黄河两岸的奔波，似乎一切司空见惯了。然而，当我的车子到达滨州魏集附近时，我还是选择了向浮桥方向驶去……住在黄河边的人大都知道冬季结冰后浮桥会拆除的，自然是禁止通行。我也是知道的，却不知为什么还是没有停下来。是为了看一下魏集的停车场还是为了再一次一览这国家四 A 级景区？我自己一时也回答不上来！

也许是一种习惯，或许是一种思念，怀念过去的匆匆岁月，思念过去的点点滴滴。心里很静，心里又是一种莫名的痛。终于，来到了黄河北岸，浮桥依然在只是残桥断臂。有一半的冰有一半的水，没有了往日的波涛汹涌只留下了平静的水和这座承载着梦和理想的"断桥"……

我找了个相对安全一点的地方停了下来，一个人站在黄河北岸向水中望去。水是有灵性的，"仁者乐山，智者乐水"。我不过一介草民，不敢奢望自己的智慧在山水之间，只是在这个寒冷的冬天里放飞了自己的梦想，待来年春暖花开时再渡黄河以期有个美好的未来。

黄河大堤上偶尔有三三两两的行人，也不时有私家车驶过，而我也只不过是这些陌生人中的一名过客而已。那些冲刷不去的记忆啊！只能静待着你随风而去！

2021 年 1 月 10 日

酒醉后醒来的早晨

夜里三点左右醒了，再也睡不着了。不是不困，也不是不想睡，只是一个人在书桌旁静静地发呆。

夜很静，只有钟摆的声音。我坐在那像是期待着什么一样，也许是想趁机净化一下自己的心灵或许是等待着旭日的到来。

新的一天又开始了，处在农历和阳历的双重复合计时时刻，既忘不了过去又梦想着未来。按正常计时已是元月14日了，2021年已开始了行程。而自己却又生活在农历年的梦中，殊不知在时针的不断运行下新的一年已经渐渐走进了历史的长河中……

没有理想又何谈诗和远方。没有奋斗的目标和方向，又怎么会天天辛苦劳作和夜以继日的努力工作？生活中处处有诗，但在我的生活中却少有了远方。男人的向往是那些他从未到过的地方，不论多远他都忘不了行驶的方向；男人的理想是那些遥远的梦，不管春秋冬夏他依然在追梦的路上。

在生活中每个人都活得不容易，男人更不容易。到了四十岁以后大多数男人已经丢失了自己，在快节奏高压力的生活中早已不再去听张雨生的《我的未来不是梦》而是在现实中去品味和聆听李宗盛的《山丘》。

一个人的时候，也很享受。在心中无言的委屈和莫名的痛，此时此刻在不经意间慢慢消化。忘了吧，过去的不快和忧愁……我们没有曾国藩先生的宏伟志向和伟绩，却有着和他一样珍贵的慎独自省时刻。审视一下自己的过去和不足，在自由的空间中深深呼吸，放松一下疲惫的心灵，放下无所谓的包袱轻装前行……

除了馒头和米饭，诗和书籍我们同样拥有。我们没日没夜的努力拼搏绝对不是单纯的享受和拥有物质生活，而是为了在精神层次上更上一层楼，在理想和追求上去实现自己的社会和人生价值。

万贯家财只是个数字，真正属于自己的东西只有心灵和身体。支撑我们拼命前行的是理想和信念，我们可以信仰不同但绝对不能没有信仰，我们的灵魂是由信仰开始直到信仰结束。

人们往往用金钱和地位去衡量一个人成功与否，殊不知有些时候却忽视了更深的东西。不要试图给孩子留下千秋霸业，不要梦想打破富不过三代的概论，教会孩子如何做人和如何生存，比那些万贯家产和名车豪宅胜强百倍……

累了，确实有点累了。就此搁笔！酒后之言请多海涵。

2021 年 1 月 14 日清晨

写在新年的开始

在走亲访友间不知不觉到了阳历的 2 月 15 日，不出正月阳历的 2 月便又消失了。在慨叹时光飞逝之余，今晚顺手写点东西，一来总结下过去的岁月二来也大体框架一下以后的工作和生活。

过了四十岁以后心情和精力较之前大有不同，今年我恰逢四十五岁在人生历程中应是一个承前启后的年龄段。自高考迄今为止已有二十四个春秋，从当年登山临海的青年人已变成了白发有生的中年人；从一个人走南闯北到现在已是一双儿女伴随的责任人。期间的经历今天晚上又像演电影一样重新浮现在眼前，不同的是此刻我没有喝酒而是刚刚读了点书，触景伤情有感而写之。

随着年龄的增长，我忽然发现在熬过了那段最艰难的日子竟然有了全新的领悟。当没有钱的日子里外面的世界全是冰天雪地，然而当我们咬牙挺过了严冬世界报之我们春暖花开……既然在我们雪中煎熬的日子没有人雪中送炭，那么春天来了遍地开花我们也不再去留恋锦上添花了。即使再甜的糖我们也不会再要了，因为那是别人的东西，味道虽甜却不再适合我们。我们只需要善待自己，有一个健康的体魄和一个善良的心灵就足够了。健康常在善良终有回报，请铭记于心。

新的一年开始了，不要再沉浸于过去而不能自拔。生活也好、事业也好、感情也罢、矛盾也罢，今天起我们统统放下重新开始。我们要从过去的一年甚至几十年吸取教训，总结好的经验重新投入到新的生活中。过去的岁月就像一本书，已经记录了我们所有的点滴，定格在我们的一生中。而今后的岁月需要我们轻装开始，活出自己向往的生活和自己的理想和抱负。

没有谁的人生是一帆风顺的，我们每个人只要发挥自己的所长脚踏实地的做人做事，终会有一天能心如所愿。不要再去羡慕别人，而是要做好自己，尽力而为而不是刻意为之。到了一定年龄你会突然发现原来生活可以以另一种方式存在，看淡名利看轻吃住而在有限的时间内去做一些对别人对后代有益的事情，生活和视野又重新进入了一片新的领地和空间……

做人，诚实为本；做事，诚信为首。工作，贵在努力；生活，贵在坚持。知人者智，自知者明；看破而不说破，心有而不宣耀。如此，不枉为人；如此，人生成熟！

　　古人云："仁者乐山，智者乐水。"闲暇之余多出去走走，去大自然看看蓝天白云，去大海边体会别样的胸怀。

　　今天，就在今天我们要开始新的生活！新年开始，祝愿所有的朋友心想事成、诸事顺利。随心之语，不当之处敬请原谅。

2021 年 2 月 15 日

春天，梦开始的地方

载着梦，载着理想新的一年开始了！

对于我们这些 70 后而言已正式步入了中年人的行列。如果说 40 岁之前还怀揣着青春般的梦想那么在今天我们已经不再奢望有奇迹出现了。一岁年纪一岁心，上年还为之倾其所有的人或事，春节过后突然停滞甚至是想法截然相反。

人到中年最大的悲哀在于遇见了对的人对的事，却已是无能为力。有些时候只能成为一名过客或者是一名看客，远远的守侯、静静地欣赏，不论人而或是事只是一场电影或是一处风景而已！

我们心中有梦，也有奋斗的欲望，只是更贴近现实。路上遇到名车豪宅，不再诚恐诚惶而是淡然一笑，点赞而已。因为此刻我们正肩负着生命中最重的使命前行，我们的生命不单单属于自己，我们的身体承受着千钧重担……

我们可以驻足片刻休息一下，但绝对不能倒下，绝对不能。我们从那个光着屁股的小孩走到了今天，好像旭日到了中午，没有了霞光万道只有一线希望。于是，自己逼着自己前行，哪怕路再远水再深，我们别无选择。

常常听人说一句话：上班的可以退休，而我们……是啊，我们是切断了一切后路的拾荒者，天当被地作床，一生为他人作嫁衣裳。饿了在野外吃点什么，渴了刚饮黄河水又见长江水，四海为家，天下为路，居无定所，食无三餐。

春天，一个万物复苏的季节。我忍着胳膊疼痛还是想写点东西。写作，在我的生命中已或不可缺。不图名不图利，不再刻意发表而是成了倾吐心声，与人指路的习惯罢了。我们不过是刚会说话的孩子通过与外界的交流而让人家明白自己的初衷和想法。哪里还会奢望去展示和亮相呢？

沿着春天的脚步，我们又开启了新的人生之路。不管我们之前经历了什么，也不管之前我们曾经在人生中跌倒了多少次；此时此刻，朋友请把所有辛酸的往事和泪水珍藏。不要再试图抱什么幻想，除了靠自己的努力和拼搏，这个世界上哪有免费的辉煌！除了自己的强力，再多的外力也只是梦一场。加油吧，朋友；努力吧，我们！

2021 年 2 月 24 日晚

酒醒后的清晨

　　清晨，恰逢正月十五，公园里依稀看到早起锻炼身体的人们，不过还只是三三两两。

　　我围着公园跑了一圈已是出汗了，于是便慢下来了。一个人沿着公园的小路，欣赏着沿途的风景……你看远处的岸边有一只小鸭，它正站在那抖动着身上的水。我看见它在水中游泳，那种自信和高兴让我兴叹莫及。"春江水暖鸭先知，不见桃花却咏柳。"如果能像这只小野鸭，离开了父母依然无忧无虑，在这乍暖还寒的水中畅游该有多好！

　　就这样走着，走着，走着。身边的柳树已吐出了嫩芽，有一棵枯树依然站在那儿。湖中的水冒着阵阵热气，仿佛在向周边锻炼的人打着招呼。昨天晚上的酒是真让我醉了，刚刚醒酒却又一次陶醉了。原来生活中处处存在着美，只不过我们醉翁之意不在此而顾彼而失此罢了……

　　感谢这个清晨，感谢关注我的朋友们。雾气散去，又会是一个晴天。早安！

2021 年 2 月 25 日晨

二月的一天

又到了夜深人静的时候了，一个人喝着啤酒心里在想些什么。这一年年的过得真快，2021年还剩下了十个月，一瓶酒下肚不觉心中有些惆怅和紧张……

仿佛自己还沉浸在春节的气氛中便又要开始了新的征程，无奈而又不得不去面对。望着2020年逝去的背影，好想一个人去山顶大喊一声……我容易吗我！！！

人这一生其实就是一个过程，有人用昨天、今天和明天来形容人生不无道理。只不过，随着社会的不断发展和进步，人们已有的人生观和价值观发生了天翻地覆的变化。不是谁的错，而是一个真实而又无奈的过程。就像钟表它每一天都会指向十一点，然而却不再是昨天的原点。人也一样，都会变，感情、事业以及认知也如钟摆一样，只不过我们更不容易去发现。有些时候我们把许多东西埋在心底，其实永远欺骗不了自己……

男人希望自己顶天立地，女人希望自己如花似玉，只是在无情的现实中有多少靓男倩女变成了白发丛生的家庭开拓者，忍着痛在负重前行。又有几个做儿女的能真正读懂父母的爱，又有几个做儿女的能孝敬父母像疼爱子女一样？社会使然，不是一个人的错，而是中国的父母太过于溺爱子女。

每当夜晚一个人的时候，好想整理一下这么多年来的行程，梳理一下这几十年的是是非非。哭过笑过，恨过爱过，现在是沉默过后的平静了。人生正如一句话：明天和意外哪个先到，谁也无从得知，所以不要太委屈自己。人生匆匆几十年，走后有的连黄土都没有只有一块石碑，想爱就爱吧！看准了的事就勇敢的干，不要在乎别人的目光和看法，百年之后谁对谁错谁又能知道呢？

时间在向前，人生在缩短，在有限的时间内尽情展现我们心中的爱。这里爱是广泛的，感情也好、事业也罢，喜好也好、偏执也罢，不要过多干涉别人更不要去指责和说三道四，几十年过后不过一把土而已！金钱可以带来想要的东西但不是全部，所以君子爱财，取之有道。喜欢的东西可以在心中，不一定非得拥有；心里的话可以说出来，但不一定非得去做……

不要去埋怨这个世界的无情，不要去在意人与人之间的淡泊冷漠，其实关键在于我们对这个世界奉献了什么，对别人又付出了多少。一路走来，想想其实终究是自己的一切换回了一切的现实，怪不得别人。

金钱除非必要否则多多不一定有益，感情除了真爱绝不可泛滥。用一颗平常心去看待物质吧，用一颗真心去领悟精神吧。人生不求地久天长，只因你我曾有过往；事业不论成败是非，只要我们曾经努力过、拼搏过，在以后的日子里一样辉煌……

二月的最后一天，谨以此文与大家共勉。只因酒后行文，不当之处敬请诸君谅解。

2021 年 2 月 28 日凌晨

跋涉者

清晨　他轻轻地推开房门
搓了一把睡意蒙眬的双眼
昨天晚上身上的气息仍在……

驱车　穿梭在冷清的大街上
不远处有一名清洁工正在扫地
他深有同感的多看了他一眼……
或许　他看到了当年在外漂泊的影子
也许　他正在为他加油祝福

许久　他来到了一个陌生的地方
这时　天已微亮
一片朝霞从东方微笑而至
他凝视着旭日的方向久久无语……

中午　在远离村庄的田野中
他打开了车上的水壶
于是　迫不及待地一饮而尽
然后　躺在驾驶椅上睡着了
可能　是太累了
也许　他在思索着下午的工作
总之　除了躺下休息别无选择……

下午　他集中所有精力用心工作
没有汗水但整个人已湿透了
这是一种高度紧张过后的喜悦
可能　是每天的使命逼迫他前行

也许　　是在生命追求过程中的缩影
仿佛有一种力量在支撑着他前行…

傍晚　　他启动了车子
朝着家的方向驶去……
路上　　不时有汽车的鸣笛声
本不认识却又交织在一起……

晚上　　简单洗漱过后
终于　　可以吃点东西了
哪怕是清水煮面
这一瞬间也心满意足了

就这样　　一天过去了
如此　　　　一个星期过去了
周而复始　　他每天在追求梦想的路上……

2021 年 3 月 17 日晚

静 听

又是一个夜晚的开始！马路上来往车辆的声音比平时似乎少了许多，屋内钟摆声清晰入耳，大脑中一片寂静。坐在那儿许久许久，世界像是停止了前进，地球像是停止了运转……

好久了，真的好长时间了！今天夜里一切是那么的平静，一切又是那样的似曾熟悉。

一个人静静地坐在那，仿佛听到了心跳的声音。多么希望时间在这一瞬间停留，忘却了世间的所有恩怨，忘却了人间的所有利益私欲，忘却了那插在心中却永远愈合不了的伤痛，忘却了人生的喜怒哀乐……

静，我真的很喜欢！喜欢这一瞬间的状态，喜欢独处时的闲暇，喜欢这双眼中的冰冻世界，喜欢与哲人的心灵对话……

当我抬头遥望星空，我的内心宽广无比；当我放眼远眺大海，我的内心一切释然。风儿轻轻吹来，是与我窃窃私语；云儿缓缓飞过，是与我心心相印；雨儿悄悄滑落，是与我情到深处；雪儿满天飞舞，是与我心融在一起。这自然界的一切，你听是多么的美妙；这宇宙间的一切，你看是多么的美丽。更为奇妙的便是这夜的静，它可以净化心灵，可以让人渐渐成熟，也可以让人放下一切去来一场一个人的表演，去完成一场说走就走的旅行……

我喜欢这深夜的静，我在用心地聆听……

2021 年 3 月 17 月夜

一路走过的风景

夜幕悄悄降临了，原来清晰的世界逐渐模糊了起来。望着窗外朦胧的夜，我的眼睛湿润了……远处的灯光丝毫没有赶走我心中的孤寂和思念。我想了很多……一路走来并不容易，渴望在迷茫的人生路口，有一双有力的手拉我一把。让我不至于在人生转弯时，走错了方向。风风雨雨，有过泪水也有过笑声，更多则是一个人在追求梦与理想的路上……我遇到了一段又一段的风景，如同上了车又下车，下了车又上车。一站又一站……有些事虽不刻骨铭心但却也终生难忘，有些人虽一面之缘，却也留在心底。茫茫人海中，我在寻觅着什么？我在期待着什么？也许，连我自己也说不清楚。就这样，一路走一路欣赏；一路走一路回忆。终会有一天，我也会变老！但那一路的风景还在，那心中的驿站依旧！

2021 年 3 月 28 日

深夜随笔

又是一天夜深人静的时候，总是像有些话想对自己说说。2020年在悄无声息中过去了，我还没有来得及理出思绪竟然马上到了2021年4月份。回头望望逝去的岁月，心中竟有无限惆怅与伤感。

二十多年了，曾经还是在上高中时，自己就立下了志向，在农村在自己的家乡找到自己的位置，把自己的青春奉献给生我养我的故土。如今，我已过了不惑之年，却与自己的理想相距甚远，以致我在不断地问自己是否还有勇气去追寻那年少青春时的梦想。这么多年了，无论我上班也好经商也罢，我从来没有忘记过自己的人生奋斗目标，也从未放弃过写作。虽然，写得不是很好，但它是我真实的生活，是我真实的故事。我知道来到这个世界有我自己的使命，待到老的时候我或许没有遗憾，因为我为自己真实的活过。正如元代诗人王冕的《墨梅》："吾家洗砚池头树，个个花开淡墨痕；不要人夸好颜色，只留清气满乾坤。"

是啊，有时确实累了，确切地说是很累。然而，一想到心中的理想，一想到在无数个夜晚做梦梦见我哭着喊着没有接到大学通知书时心痛的样子，我就会燃起无尽的力量去坦然面对这生活中的一切。我知道，在这个世界上每个人都不容易，谁都没有错。只是我们每个人的人生观世界观不同，追求的东西不一样罢了。所以，我从内心深处也试着愿谅那些伤害过我的人了，是他们在我的生命中让我得到历练得到成长。我常常在想人这一生什么是最重要的，一直在想在思考……

或许，这有些抽象有些闲来无事，但每当人静夜深时我便会去和自己对对话。人常说：读书能使人聪慧。我自高中毕业后包括那两年多的自考，便再也没有好好读过书。有时，为了考试或为了工作间歇性的读过几本经济学和法律方面的书，多半是急功近利，没有认真读过。这些日子突然想看些书，想从书中再回味一下青春的感觉。

今天有这样的机会，我不想再错过了。虽然我现在生活的压力很大，但心中的那个文学梦，梦中的那片海依然存在，在工作之余我不再孤独。我现在有了家，有了两个聪明的孩子这是上天的恩赐也是我一生中无比的骄傲和幸福。

虽然，多数人都往城里跑，但我知道我的心永远在生我养我们农村，我的心早已溶于那村中的小河，那片土地下面流淌的温水。我不是什么作家更谈不上诗人，充其量只是个酒后卖弄文笔的文学践踏者，但我却一直热爱着这文字中透出的气息。这气息中夹杂着农村的味道，这气息中散发着泥土的芬芳，这气息中透着的声声不息！

为了生活，为了理想，我甘愿在广阔的农村土地扎根发芽；为了梦想，我情愿奉献我的青春去浇灌这生我养我的故土。我是一个普通的人，没有传奇的经历也没有显赫的身世与地位，但我有一颗热爱生活与生命的心。我是一个普通的人，但我知道我自己是在为了信念而活着。虽然，现在我在悄无声息的努力着，但是，终会有那么一天我会实现自己那年少时的梦，去更远的地方书写更长的人生。

不经意间我看了下时间已是夜深了，茶几上的那杯红茶还未凉，端起茶杯我慢慢地在享用着这茶的香味，在品尝着这家乡的黄河水。夜更深了，茶依然温暖。此刻，我还在奋斗的路上，不是我一个人而还有许多人……

2021 年 3 月 28 日晚于高青

淡忘江湖

万道霞光照水中，
半湖绿色半湖红。
闲来无事醉美景，
相忘江湖任意行。

2021 年 3 月 29 日

人生感悟

开了一天的车，跑了八百多公里的路程。一个字"累"，两个字"很累"，三个字"累极了"……

有时候我们总以为诗在远方，到达远方的一刻方才醒悟：原来诗情画意就在我们身边。只要我们心中晴朗世界一片光明，当我们满眼是爱周围皆是春天……

"宁恋本乡一捻土，莫爱他乡万两金。"随遇而安，顺其自然更好！如此，清心则少欲，少欲则坦然，坦然则倍感幸福。

而我们往往沦落为金钱和物质的奴隶，而忘记了来在这个世界上的真正使命，任凭自己在相反的方向越走越远，直至万丈深渊……

有时想开了，想透了便会大彻大悟不再迷恋于金钱、权位，更不会去铤而走险，而是脚踏实地做好自己。如今农村的野菜上了饭桌价格也不低于城市的山珍海味，装修的农民工师傅一年的身价也比得上一个副科级干部。其实，想开了怎么都是活；想不开只有和自己对着干！野菜永远不用担心风吹雨打，农民永远不会忧虑升官降职，不是我们自暴自弃，而这才是黄土地的真实面貌。

生在这个伟大时代，我倍感光荣；活在这个现实社会，我心已想通。不畏权贵，不慕金钱；良心做事，堂正为人，勇于追求，做好自己。伤心一瓶酒，高兴酒一箱。我始终信奉："人生一世，草木一秋。不求天长地久，但求曾经拥有。"于我：哭过，笑过，迷茫过，徘徊过；打过，拼过，辉煌过，失落过，但从来不曾放弃过！如果有一天我放弃了现在的职业，那么一定是我又在另一个行业去追求和实现自己的人生和社会价值。

今晚杯酒下肚，头晕眼花不知所云。此可谓：清明时节雨纷纷，杜牧饮酒杏花村；借酒方能消其愁，不会吟诗亦风流。

2021 年 4 月 3 日夜

思想者

又是一个夜晚，当这座绿色的小城亮起了灯光，大街上开启了夜间模式……

我坐在书桌旁，忽然想起了前几天路过高青双语学校时儿子又一次见到"思想者"雕像时的情景，于是便忍不住笑出声来。女儿初中时就读于高青双语学校，一进校门的广场上便是"思想者"的雕像。他完美而又富含思索的神态仿佛在给予人们某种启示，单纯从第一感觉来说似乎看不出他内心的痛苦，反而更让人容易从艺术的角度去欣赏他。

儿子第一次见到他，大约是三周岁。妻子问儿子"他"在想什么？儿子的回答让我们记忆犹新，"他在想晚上吃什么东西"，惹得我们大笑。如今两年过去了，他上了小班再次路过双语学校时，我指了一下"思想者"的雕像，问他："那个叔叔在想什么呢？"他依然毫不犹豫地回答："他在想晚上吃什么。"这一次，我没有笑而是表扬了他，说：儿子你真棒！你是一个有思想的好孩子。他高兴地亲了我两口，眼神中充满了快乐和自信……

我不知道那一刻他幼小的心灵在想什么，但有一点我是很清楚的，他有自己的想法。这就足够了！他还只是一个孩子。

今天晚上我又莫名其妙地想起了这件事，可能是缘于这些日子以来的是是非非。生活中当我们遇到了一些事，便会看清了一些人。当我们真正到了难处，便自然知晓了谁才是你值得珍惜和交往的人。有些时候有些人让我们伤心，但仔细一想大可不必，因为除了亲人没有谁离开了谁而不能生活。当我们明白了就好，一切的根源是在我们，是我们没有分清楚"人"，仅此而已！

所以，我有些时候与其拼命挣钱，真的不如给孩子留下好的教育和做人的道理。否则，如果成人之后不懂做人，有再多钱又有什么用呢？钱真是身外之物，其实有些时候我们真的不是为了钱，而是一份在意一份感情。如果输了全世界，赢了金钱又如何？

我坐在这儿，也在思考一个问题："他"——思想者，他在"想什么呢"？朋友，你知道吗？

2021 年 4 月 6 日晚

有限的生命，无限的抗争

田还是那片泛起黄土的田，
地仍然是那片生我育我的地；
自从分田到了户，
大地一片生机。
粮食丰收了，收入增加了……
人还是那个人，家还是那个家，
只是童年的追逐玩耍，
如今变成了沉默寡言。
自从成了家，自从立了业，
头上年年增加了白发。
这生活，这人生，这现实的世界啊！
天还是那片天，
地依然是大地，
却突然间刮了风又下了雨。
我青春的梦啊！
如今你又往哪儿去……
当年我走进了高考考场，
却意外落榜！
我哭着，喊着……
最终，我接受了现实
人生啊！
不会从头再来
岁月啊！
为何把我掩盖
我只是在我有限的生命中
做了无限的努力和抗争

2021 年 4 月 9 日

夜

又是一个子夜，梳理完今天的工作又到人静夜深之时了。

几乎每天都是这个时刻回来，有时候也很想放下一切好好休息一下，哪怕一刻钟也好，但是有太多的事让我不得不奔跑于黄河两岸，看着车来车往的黄河大桥望着波涛汹涌的母亲河，有一种自我鞭策的冲动和坚强。

老实说这十多年来经历了人生太多的事，许多时候甚至想到了放弃……但是，当走过了那段最艰难的日子一切慢慢好了起来。其实人生中会遇到一个甚至几个贵人，可能他们能力、地位、金钱都不显赫出众，但是在你人生的低谷时他伸手拉了你一把，你就活了下来……这就是你的贵人，永远不要忘记！

到了一定的年龄，我们就会慢慢明白人生最快乐的事情莫过于做自己想做的事，做自己热爱的工作，过喜欢的生活。记得一句话：要经营自己的长处，发挥自己的优点。有时迫于生活可能机械般的工作，但人生自我价值地体现在展现淋漓尽致的自我。爱唱歌就大声唱出来，爱跳舞就尽情跳；爱习文就多写，爱武术就广交朋友……总之，别太委屈自己。

明天一切都在梦里，好好把握今天珍惜眼前，丢掉昨天吧！因为幸福是一刹那的感觉，幸福很短暂甚至你来不及回味……

夜，一个平凡而又真实的子夜！

2021 年 4 月 10 日

秤

　　很早之前听过一个故事，故事讲得是秤的来历。故事虽短，却道出了其中的道理，让人回味无穷。故事的大意是：发明了秤其主要目的和用途是为了"公平"，这里的公平超出了货物自身的范畴而上升到良心的高度。

　　具体到生活，泛指生活、生意的多个层面，狭义的秤比如短斤、少两，坑蒙拐骗。深层理解好比做人，有的人心存善念，处处为他人着想；而有的人故意设圈套，让人往里钻而趁机坑人、害人。殊不知，杀敌一千自损八百，记着一句话：一切不义之财，今天你得到了也许明天后天或者以后的某一天你会加倍或数倍的代价去偿还。这个世界也是一杆秤，今天的蝇头小利也许就是你明天的意外发生的前兆，做人一定要凭良心做事。做事一定要周全兼顾，行善积德。有些人一开始就已经结束了，有些事或许因果报应未到，等到了才明白则已晚矣。

　　只要心中永远有杆秤，则我们的人生长远看不会失衡。今天我们失去的，明天一定会以另一种方式偿还。正如人生，没有永远的一帆风顺，更多则是风雨兼程；但是我们的努力和善良有一天会得到回报，至少我们的心灵是干净纯洁的。善待自己也是一种境界，有时候我们一味地让步和妥协反而更会助长他人的嚣张气焰，该争取的一定不要松手……做生意如此，做人更是一样！

　　不知道夜色来临，夜幕下的睡前是否有人担惊害怕。现在快手流行"二蛋叔叔"专门吓唬小孩，让他听话。那么那些昧着良心做生意的人会不会担心"二郎神"的到来呢？天知道……

　　做人为他人留点余地，也是给自己留条后路。事做绝了，以后的路便是绝路了……

2021 年 4 月 13 日

周末随笔

今天是周末，当然是官方称呼仅仅对于"拿工资吃国家饭"的人来说的。像我们这种自由职业者，周末、节假日虽然出现在生命的历程中，但却不敢奢望悠闲自得的渡过。

这些日子以来生意不好做，一个人天天奔波在黄河两岸，周旋于客户之间，累辛苦却也充实。压力大时，一个人在车内扯开嗓子大喊，在没车的地带狂奔。普通车硬开到了越野的速度，风声替代了一切声音……车内除了音乐声便再是内心深处的呐喊声了！

没有谁不知道懂得健康的重要，没有谁不珍惜这生命中的青春年少；然而枯燥乏味的工作，压力山大的生活以及对亲人的爱让我们不得不去直面这生命中的点点滴滴。有些时候有些观点虽然偏激，但却也有几分道理。比如：人活着就是为了体验这世间的人生百味，舒服是留给已经走了的人等等。真的，人一生下来便注定了一生，无论如何拼搏只是主观努力，其实在主观努力的背后则是客观存在了。正所谓三分靠打拼七分天注定，人的命天注定。

活着，有人追捧为最大的幸福，但是，活着的目的和意义是什么？有几人可以释之，我不得而知。

人生如同一列高速行驶的列车，生死都不由我们。然而，在每一站中的表现和展示却在我们自身。人生几十年，犹如一趟列车的驿站，我们不一定非要最后一个到达终点，只要我们珍惜并享受每一站，则此生无憾！有理想便大胆追求，有目标则努力前行，有爱则大声说出来……不委屈自己，不虚度年华；活出自己，善待生命。

2021 年 4 月 16 日

致新一届基层工作者

你们虽然没有正规的编制，
却有非常严谨的工作规范。
你们虽然没有高深的学识，
却有着一颗拥民爱民的心。
你们虽然日夜奋斗在农村，
却一样也有颗爱祖国的心。
你们虽然面朝黄土背向天，
却深深眷恋于这片黄土地。
因为，我们深知
今天的生活来之不易；
因为，我们深知
未来的日子还需努力；
因为，我们明白
新农村的建设靠我们自己；
因为，你们懂得
前进的道路有风也有雨。
然而，为了农村的晴空万理
为了农村的蓬勃生机
你们需要奉献青春
你们需要奉献自己
坚信，未来的日子，
胜利属于你们自己，
属于每一位基层工作者。
谨以此，献给每位工作在一线的农村工作者。
向你们致敬！为你们自豪！
谨以此文，献给新一届农村村两委

2021 年 4 月 17 日于黑里寨望岳村

雨还在下

　　终于迎来了一场小雨，让原本紧张的心放松了下来。雨中的空气异常清鲜让平时的劳累在此刻得到了侍奉，眼中的世界一片绿色……

　　今天早上看快手读到一句话，让我沉默许久。大多数人以为幸福就是：有车，有房，有想要的东西；而其实真正的幸福则是：无忧，无虑，无太多的欲望。我反复读了数遍，想了很多……

　　生活中面对这个物欲横飞的时代，纵使我们不想随波逐流却也无力改变社会的发展方向和人们紧闭的心房。往往是赢得了家庭的温馨却输给了正在奔跑的社会，而赢得了事业的成功却又无意中冷落了家人。在外拼搏奋斗的人，无论男人女人还是大人孩子每个人都不容易，确切地说是很难很难。选择了自由职业就意味着此生注定拼搏，看似自由实则已失去了真正的自我。有时候回头看看走过的路，心真的很痛。

　　有往往是表面现象，而无才是内在本质。有实际是物质反映，而无则是精神体现。当我们能从有的阶段开始思考无的高度时，或许我们对这个社会有了更多的认识……

　　车内只有双闪灯有节奏的声响，我知道车子停在这只是短暂的驻扎而我还有许多事情去做还有很长的路要走……

2021 年 4 月 22 日

五月，你好！

在极度的紧张和焦虑中告别了四月，虽然这也是一个收获的月份显然没有五月更让人期待！

时光飞逝日月如梭，2021 年的第二季度已经进入了第二个月份。再有一个多小时五一节就到了，载着希望载着梦想又是一个流汗的五月。

人的一生如果浓缩为一年，则有春夏秋冬四季，代表着少青中老。在每一个季度里每个人也有喜怒哀乐，在每一个月份里也有成功失败，也有起起伏伏。人的命运如果用比较科学的说法，则是三分靠打拼七分天注定。因为生死不由我们，而在天意。事业的成功与失败，其实是先有因而后有果；积少成多，以至久远……

谈到人生的追求则是因人而异，有的人注重结果，把荣誉看的格外重要。而我却把生命的全部融入进了人生的过程。我追求的理想很简单但又很艰难，那就是发挥自己的特长做自己喜欢的事情。听起来不错但做起来太难了，想要青春无悔生命中绽放理想的花朵，首先要找准自己的社会定位。举例来说当教师好，假期长工资稳定，但你不一定喜欢。并且大多数教师也是把它当作是一种职业而非生命中的事业来对待，所以，要想活出自己一定找准自己的社会位置，排除一切世俗干扰做自己想做的、喜欢做的事情。这很难，但有许多人做到了。有句歌词写得好，多年以后是否有人还记得我，这个世界我来过……

不论我们生活在哪个季节，哪个月份，我们曾经赌上了青春用心拼搏过，努力过！至于结果只是一个符号而已！是代表人生的一段历程而非终点更非全部。

马上高考了，以此为例剖析人生。高三的每一个学子不论高考成绩如何结果怎样，真正留在我们生命中的是我们高一、高二、高三这三年的拼搏努力的过程和同学师生间的深厚友谊和感情。高考的分数高低、学校知名与否只是检测你个人在这三年的付出和悟性而非是人生的终点。对于同一个人来说，你考上清华、北大等名校你所接受和摄取的知识量肯定不同；但对于不同人而言你即使在北大、清华学习也不一定比普通高校出来的学生知识面广、个人能力强。换言之，即使高考落榜的学生，将来在社会某一领域甚至是很多领域的生存、创造机会能力不一定比北大、清华的学生差，生活幸福感指数更没法去比较了。所以不要去关心关注别人怎么样，而是要提升提高你自己。

这几年国家终于看明白了一件事，那就是高分低能，高学历低素质现象。所以以后推广技术职能教育可以做到人尽其能人尽其责，让教育更好地服务于国民，让人民更好地回报社会和祖国。

我们的一生也是如此，永远不要去羡慕他人而忽略了我们自己。世界上没有完全相同的两片树叶，也没有完全相同的人生。只要我们有自己的理想和追求，真正重要的值得珍惜的便是过程。我们要在这个过程中用心用力去打拼，至于结果只是一个符号而已！想开了便会不为情所困，不为钱所困，不为权所累，坦然做事，踏实做人！敢爱敢恨，不负青春，不愧对生命，活出真正的自己！

2021 年 4 月 30 日

立夏的前夕

再过两天便是立夏了，这是一个灿烂多彩的季节。虽然有了蚊子和苍蝇，但是同样多了绿树和红花。如果说春天的美美在羞涩，那么夏天的美则在大方；如果说春天的花用骨朵来形容，那么夏天的则是百花争艳，姹紫嫣红。

夏天是个让人发挥想象力的季节，大自然叫声不断，任凭思绪在你的大脑飞翔。池塘里的蛙鸣，树林里的蝉鸣，田野里的鸟语花香无不处处散发着沁人心脾的气息……

夏天更是一个让人自信的季节，男孩子健壮的肌肉浑身上下透着力量；女孩子洁白而又韧性的皮肤散发着诱人的体香让整个夏天变得多姿多彩……

单单从艺术的角度去欣赏夏天，好像除了夏天的雨其他没有标志性话题。而春天和秋天似乎更让人们关注和赞美，而我独爱这炎热而又凉爽的夏天。正因为有了炎热的存在，才有了乘凉时的快意；午间的小憩更是让人觉得幸福满满，热情而又奔放……

不过，现在还处在春夏的交替中，乍暖还寒，明明是气温过高却又凉气逼人。让人刚要松弛的心又紧张了起来……

好期待在这个美丽的夏天会有美好的未来开始……让我们在慢慢行进中去迎接夏的到来！五月你好！夏天你好……

2021 年 5 月 2 日

家乡的那条小河

今天开车回家，无意中多看了眼老家村头的那条小河。河里已没有了多少流水，只有河床依旧。我沉默了片刻，眼中沉浸着泪花……

那条曾经熟悉的小河，如今却变得越来越陌生。昔日那清彻透底的河水如今为什么又变得如此浑浊，河里没有多少流水啊……是原来的鸟语花香衬托了河水的清还是现在的机器响声惊走了碧水蓝天？我不知，我怎么会知道啊！我一个农民的孩子，从小光着屁股就长在这条河里，可如今生活富了，条件好了却再也寻觅不到那"野蛮"的童年……

我去哪儿能找到曾经的小河，我去哪儿寻觅儿时的伙伴？他们如今都已成为国家的栋梁，而我依然守护着这条小河，却未曾识得它是否是儿时的那条小河！时代变了，人也变了！唯一不变的是一个农村孩子对家乡的爱和对这个瞬息万变的社会的无奈……

2021 年 5 月 6 日晚

卜算子·自嘲

本是农村人，偶做城市客；
醉卧客厅几册书，室内谈辽阔。
纵有壮志无功名，自不量力苟且活；
囊中羞涩只一时，笑问乾坤谁之过？

2021 年 5 月 18 日

两棵树

中午停下车在车内一个人静静地发呆，也许是忙碌冲淡了记忆；也许是时间带走了回忆，这一瞬间眼泪竟不争气地流了下来。

车内除了空调的响声，便是心跳的声音了。这一刻我像是与外界隔绝了一样，把自己封闭在这狭小的空间内，想了很多，又仿佛什么也没有想过。想到了家，想到了妻子儿女和年近七旬的父亲；想到了自己，一个人在外打拼这么多年却无建树，想到了这几年过山车般的经历……那滴落的泪是这些年委屈的珍珠吗？那莫名的伤感是对自己无处施展自己抱负的感应吗？那凝视而又久久不肯放下的眼神是对未来的迷茫和无助吗？也许是，也许不是……但有一点我深信不疑，那就是从今天起我放过了自己，不再难为自己。因为我知道，留给我挥霍的青春已远去，接下来我要珍惜并充实渡过这人生的后半程……

正如眼前这条路，人生已过半，沿途有风有景。路的尽头有两棵树，可以代表我和你。对于你我走到路的尽头也就意味着生命到达了终点，所以我们要珍惜活着的每一天，开开心心快快乐乐，不要委屈自己。人生无常，生命只一程，放下不必要的压力去追求新的生活吧！当你把一切都放下的时候，再回首你会发现，原来生命可以有这样的高度，原来生活可以如此温馨快乐！

朋友，今天起，善待生命，善待自己。放下不珍惜我们的人，多去关心疼爱我们的人。你陪我一程，我念你一生；让时间去记下一切的过去，让你我在路的尽头相遇时，都会讲自己的故事……

2021 年 6 月 2 日

致学子

　　明天你们即将奔赴考场，去迎接人生路上第一次战场。希望你们能心平气和完成挑战，发挥出平时正常水平。切记，不要急躁，"高考"是人生的一条选择之路但并非唯一。要坚信："天生我才必有用！"只要尽力就会青春无悔。现在的高等教育正从应试教育向实践教育转变，不管是985还是211，都是指同一个人接受好的教育的发展潜力和素质有高有低，而并非是与别人比较。人生在世，只要你有能力去做自己喜欢的事那你就是成功的，就是幸福的。反之，条件再好你从心里感受不到快乐和幸福，那你的人生也存有遗憾。只要学会做人，心存善良，则无愧于社会，无愧于人生……

　　同学们，人生的路才刚刚起步，希望你们在考取好成绩的同时，也向社会交出一份满意的答卷，只是这份试题需要你们付出青春和一生的精力去完成……

2021 年 6 月 6 日

忽然好想念……

　　一个人躺了会，旁边手机里正播放着乔布斯在生命的最后一程给予我们的忠告。

　　一遍，一遍，一遍……不知听了多少遍，在清醒和睡梦中渐渐的入了心。刚刚开始是用耳朵在听，感觉很有道理；后来是用心去领会，去感悟……听着听着，我眼圈红了，忽然间非常想念我的妻子和两个孩子。感觉非常对不起他们娘仨，工作的原因我早出晚归，基本上一个月在家里吃两三次晚饭，渐渐地与他们在一起的时间少了，远了。前天晚上儿子想我，搂着我一个劲儿地笑，他笑了我却哭了……

　　最近一段时间，我经常看日本作家村上春树的作品，更喜欢他给年轻人的忠告。可以说每一句话都深入骨髓，每一句话都足够我们去用生命去践行和体会。乔布斯曾说过一句话：三十元的手表和三万元的手表它告诉我们的是同样的时间，十五万元的车和一百五十万的车行走在路上保持的是同样的距离。而我们往往本末倒置，忽略了时间和距离在意了手表和车子。

　　忙碌的生活，无形的压力让我们像机械般地赚钱，买房、买车，比富裕。殊不知，亲情，友情和爱，也渐行渐远……人生短暂，明天永远是个未知数，让我们活好当下，多些时间陪陪老婆、孩子和父母。知足常乐，常乐便是幸福。

　　外面的世界再美，依旧没有家的感觉；没有爹娘的陪伴我们永远是孤行者。让我们珍惜枕边人，让爱的温馨在家中永存……

2021 年 6 月 8 日

生活感悟

最近急功近利般又关注上了抖音，从刚开始的羞涩陌生到现在的手机不离手，中间到底发生了什么？

这些天以来，我一直在思考这个问题，终于在今天悟出了其中的一些道理，或者干脆说是玩抖音人多的主要原因。众所周知，现在社会中青年人压力大，工作单一甚至是自由职业颇多，所以当有一个新的平台或者说是释放压力和情感的地方出现便受到了追捧。因为抖音这个平台没有过高的门槛，只要会下载便会玩，所以男女老幼，明星老百姓都在这个平台寻找适合或迎合自己的作品、人或其它。

所谓的作家，在这儿不是长篇大论而是三言两语，甚至是一针见血直扎人的内心深处，让你在泪流满面时带着一股莫名的伤感或痛，心甘情愿地为他们点赞。歌唱家或明星也是一样，未曾谱曲已是曲中人，未曾歌唱已是歌中角色。没有真正的经历谁又能写出、唱出多数人内心深处的伤疤，所以，他们和我们一样只不过关注的人多少而已！

我常常在想，所谓的名人和名言，大抵有它合理的一面，但也不尽然，比如说我们普通人的经历和坎坷和他们的往往没有本质的区别，只是圈子的大小和影响范围不同罢了。

抖音上经常出现的像杨绛先生、莫言先生、余华先生、稻和盛夫先生等作家，其实他们所说的每一句话，看起来都很普通但却如一把尖刀直扎心脏，这就是"大家"与普通人的区别。他们往往用一两句话便把大多数人的伤痛给描绘并联结在一起，让你欲罢不能，频频点头……

人生在世无非两样东西左右心情，一是金钱二是感情，亦或可以理解为物质需要和精神追求，但这两样东西往往类似鱼和熊掌，多数时候不可兼得。所以，抖音平台就成了万花筒，哭的、喊的、叫的、疯的、笑的，可以说是包罗万象应有尽有……倒是不用去说庸俗和高尚，反正各取所需。让压力山大，感情面临崩溃的人们仿佛找到了"世外桃源"，一下子见到了"知音"。殊不知，这是一种病态，当然需要加引号。之所以这么说，是因为这都是虚拟世界而且大多不可能实现的所谓解脱。痛苦的真正根源在我们自己，欲大于现实或者说是欲望太多导致了我们的一切痛苦和不快乐。只有从自己内心下手解决，才会荣辱不惊，悲喜平静。万事的内因在我，根本解决在于我心，不要去过多强调外因。明白了这个道理，才会笑看人生起起伏伏，静听风雨潮起潮落……

2021 年 6 月 16 日

献给我们的父亲

远远的我看见您的身影了
我亲爱的父亲
在我的记忆中您是一座山
巍严而又高大
我又何曾注意过您的白发
因为我一直把您当作我人生的榜样
风风雨雨中还梦想躲在您的身旁

直到有一天我无意间发现
我的头上也有了白发
我流泪了，不是害怕自己老去
而是再也不能像小时候一样
在您的面前撒娇淘气……

此刻，再华丽的语言也无法表达
您给我们的生命和养育之恩
我静静地站在窗前
为您祈祷
让您有个幸福的晚年
让我们也像当年您陪着我们一样
不离开彼此的视线……
不论您是健步如飞还是步履蹒跚
谨以此文献给所有的父亲

您已偏航百度导航

在不知不觉中六月已经落下帷幕，留下了无尽的回忆……

这是一个难忘的月，风风雨雨起起伏伏，让人在痛苦的中寻找着甜蜜，把这个初夏的前段深深刻在心底。

现在习惯了出门就开导航了，我选择了百度导航，喜欢它的风趣和幽默。在一个人开车去远处时，它就是我们身边的朋友，默默地守候在跟前。很喜欢百度导航中的一句话："您已偏航，已为您重新规划路线……"我在不断思考着这句话，一直在思考。

我们的人生假如是一条路，而我们的目的地又不尽相同，所以有了多彩缤纷的生活。在人生的各个阶段像一个个公交站台，有的人上车又有人下车了，而中间则有人打开了导航，向着既定目标走去……

然而，我们的人生是既定中的未定，许多时候我们往往放着大路不走，偏偏选择自以为是的小路、近路，走着走着便远了。生活也是如此，明明有幸福和快乐在我们身边，可我们为什么去选择忧伤和痛苦呢？有的不去珍惜，而得不到的又把自己搞得遍体鳞伤、狼狈不堪。既迷失了方向，又失去了自己，是人性的弱点还是我们精神的极度空虚？我不得而知！

很欣赏一句话：人生最大的富有不是拥有什么，而是没有什么；人生最大的幸福不是得到什么，而是放下什么。

朋友，人生无常，且行且珍惜。相信拥有的一切就是最好的安排，命中注定遇见谁你改变不了；但是遇到以后的路该怎么走决定权在我们。莫要让"您已偏航"的声音频繁响起在我们耳边……

2021 年 6 月 30 日中午

一生只为一本书

夜深了，在这个多雨的七月，我三天两头在雨中穿梭……

是命运的安排也好，是生活的巧合也罢，我在人生的又一次十字路口重新感悟生命的意义。我曾说过：我毕生的终极目标是写一本书，书中把生命中最重要的人写进去，是为了给后来者以启迪，也是为了把生命中最美好的相遇永刻在心底。

人活着，就是为了完成来在凡间的使命，该遇见的人或事，你无法逃避。所以，我们要认真对待，不负遇见……

也许，我是说也许，会有那么一天在某一个下雨的夜晚，我们会一个人泪如雨下……不必说抱歉，不要说后悔，因为人生没有彩排，一开始就注定有一天会结束……

我把一切写进书中，写进我的生命里！

2021 年 7 月 4 日夜

无　题

　　此刻已是凌晨一点半了，我仍无睡意。一个人打开了几瓶啤酒，随便夹着昨天晚上的剩菜慢慢地在品尝这十几年来的辛酸苦辣……

　　真的十几年了，那时的自己正值而立之年，事业小有成就。没有经历过人生中的真正风雨，渐渐地在生活中失去了曾经的一切，直到 2019 年劳动节前夕，我整个人快要支撑不住了，几乎崩溃。除了我自己知道就是天知道，在那些生不如死的日子里我是怎么熬过来的。

　　也许是生命的偏爱，也许是人生的安排，在重拾旧业后，我终于活过来了。我从心底感谢在我最困难时给我帮助的朋友和兄弟，在几乎所有人离开我、远离我的时候，是你们帮了我，让我又重新回到了人生拼搏、奋斗的舞台。感恩、感谢你们！谢谢！

　　从无数次想放弃到重生，中间到底经历了什么？大多数人看到的是我干净的衣着却鲜有人知道我是怎样一个人在黑暗中哭泣和前行的……

　　人生短暂，生命珍贵；我不想再浪费时间，更不想违心地活着，去迎合谁。我要在宝贵的时间内，去做自己喜欢、想做的事，不谈成功、失败，一个曾经死过一回的人还有什么好怕？我完全听从命运的安排和调遣，但是是在遵循了我的大脑意志之后的付出和努力……

　　待我好的人，我会加倍努力和回报；有愧于我的人，我仍会感谢你出现在我的生命里。因为你不死过一回，就不知道谁是人是鬼？还是什么东西……

　　今夜，也许是喝多了，但是，我追逐梦想的渴望尚在；在追求理想的道路上道德和底线永存！

2021 年 7 月 7 日夜

七月雨

七月的雨说下就下，像小孩子的眼泪任性而又流得莫名其妙。

刚刚还艳阳高照，一片乌云过来便开始了撒欢。如果说六月的雨像青春的少女，娇嫩而又羞涩的话，那么这七月的雨则一点没有了害羞的姿态，俨然一副漫不经心又毫无顾忌的中年女性的样子。当然，七月的雨也有美丽而又让人难以忘怀的瞬间……比如，在酷热难耐的时候，一阵急雨从天而落，人们闷热的心一下子凉了起来。

之所以喜欢七月的雨，大抵是在这个季节没有心情再去关注红花绿叶了，热浪把人蒸的像洗了桑拿一样，除了这说下就下的雨，一切都显得那么苍白而又无力。

我喜欢下雨的日子，更独爱这七月的雨。它让人在欣赏雨起雨落的时候，有更多的瞬间去重新审视自己，和自己的心灵对话。你听：滴答，滴答，滴滴答答……好美的旋律，好动听的声音……

2021 年 7 月 7 日中午

夜幕下的灯光

抬头看了下钟表，时针又指向了二十三点，再有一刻钟便又是零点了。好像每天只有等到这个时刻，自己的心才会放松和安宁……

习惯了每天的忙忙碌碌，适应了每天的来来回回，就这样在熟悉的环境和事业中期待着不十分确定的收获。人生不是电影和剧本，没有彩排和重来，当抖音中流行"三十岁了又怎样？四十岁了又何妨"时，我真的想告诉唱歌的你们，你的话轻描又淡写，忘记了曾经的自己……

深夜晚睡的人，何尝不知道熬夜的危害。哪个吸烟的人，不知道吸烟有害健康？哪个喝酒的人，不知道伤肝又伤胃？可是，与自己承受的压力和痛苦相比，反而是放松和解脱了许多……吞烟吐雾中，有些事随风而逝；杯来杯往间，有些人相忘于江湖。一岁有一岁的艰辛，一年有一年的成长；人生短暂，有爱就大声说出来；岁月无情，喜欢就大胆追求。花开堪折直须折，莫待无花空折枝……

最后，想和大家分享一段话：人品永远大于能力，付出总有回报；是你的迟早到来，困难时咬牙坚持，坚持，再坚持！将来有一天，你会感谢曾经的自己……

2021 年 7 月 9 日

孤独者

深夜，一盏灯，一杯浓茶，思冥到天亮；
夜深，一支笔，一本日记，写所有委屈。
低头，一箱酒，一次打开，喝尽忧和愁；
抬头，一支烟，一次点燃，吸尽烟数根。

2021 年 7 月 12 日夜

深夜的雨

此时此刻已是凌晨一点多了，我依旧没有休息。不是不想休息，而是舍不得睡……

窗外正下着雨，说大不大说小又不小。不时传来雷声，让寂静的夜空有了动静。我坐在书桌旁，一个默默地发呆。书桌上今天夜里没有书而是一瓶瓶啤酒，这深夜的酒喝下去别有一番滋味在心头……

有时候我们拼了命的吸烟和酗酒，这不是自暴自弃而恰恰是一种绝地抗争的勇气。痛苦和压力每个人都有，不必逢人便讲；但是有一点我们一定要明白真正的强者是掏出心来自己缝缝补补……

人活着哪能没有痛苦和烦恼，只是到了一定年龄该选择放手时一定要放下，无欲则刚。要懂得取舍，要分清大小；要知道自己一生的追求和理想，要坚定不移一直走下去……

我们要学会把眼泪珍藏，学会微笑着面对生活；把遗憾和爱留在心底，去更远的地方寻求一生的理想……

2021 年 7 月 12 日凌晨

生活随笔

在半睡半醒中，迎来了 2021 年的 8 月。由于工作和生活的琐事，好久没有写点东西了。今晚刚好心情舒畅一点又有时间，索性和自己聊会天吧……

按照农历来说，此时正值农历半年月尾，一年过半收获又如何呢？我沉思了许久，终于像过电影一样把这过去的岁月又重新梳理了一下……我们都是平凡的人，没有伟人的宏图大志；但是理想和追求还是有的。

到了我们这个年龄，家庭的重担和责任我们是必须承担的，不论能力大小，职位高低。在外面谈笑风声，衣着得体，回到家我们更应该轻松而又博爱。究其原因老婆、孩子才是我们一生的爱和使命。一家不顾，何谈奉献一生；亲人不幸福，又何谈人生价值？过了热血沸腾的年龄，终会用平淡而真实的生活迎接我们……

在风景优美的地方，我也会驻足片刻；在灯光闪烁的酒吧，我也会举杯畅饮。不过，那终不是我们的家，只是享受那片刻的宁静和醉意罢了。

我常常在熟睡的夜里，梦见自己在似曾相识的教室里，拿着大学通知书。醒了发现泪已打湿了枕巾，脸上还流淌着青春有悔的泪水……谁不曾有梦，谁又不曾有遗憾？上天在给我们关闭了一扇门的同时，一定会为我们悄悄打开一扇窗，相信一切就是最好的安排。我们无须去羡慕谁，我们的人生别人无法代替，更不会有谁永久地出现在我们的生命中，所以，未来学会照顾好自己，充实提高自己，让我们的灵魂有所闪亮；让我们的生活有质的飞跃，物质的东西够用能用即可，让精神的食粮陪伴我们成长。

朋友，夜渐渐深了。我知道此刻没有休息的你，同样有故事。其实，真正的快乐都是免费的；真正的幸福就在我们身边。内心阳光、善良，不必远行登山拜佛；思想健康、正直，不必名车豪宅，一本书、一杯茶内心就是天下！

晚安！我是你们的朋友。

2021 年 8 月 4 日夜

生活随笔

在 8 月的某天应该是说今天，我在酒后一个人做梦一样地回到了家中。时间大约在晚上九点左右，马路上车来人往，像是约好地、有规律地消耗着今天……

想说点什么？又想要表达什么？其实，自己已完全不知道了。唯一知道的是回家的路，不单单是凭记忆，而是凭良知和自己内心仅存的一点善良。还好，还记得自己是谁，记得父母的名字和子女的身影……

是啊！我是谁？我之前从未问起过自己，只依稀记得曾经的那个年代，光着屁股拾着麦子，点着煤油灯的童年……

如今，已过了爱做梦的年龄，却依旧没有长大，甚至没有成熟！竟然天真的以为付出就会有回报，努力就会有结果。殊不知，真正让一个人立于不败之地的是内心深处的善良，和祖上行善的积德。物质终归于物质，真正融入思想的是精神的东西，是支撑我们走完一生的信念。

我虽布衣出身，但灵魂深处依然有着积极、健康而又向上的追求。我深知，生命有高度，更坚信：天生我材必有用，千金散尽还复来。……

酒后之言，不知所云！

2021 年 8 月 16 日晚

活 着

从来没想过以如此严肃而庄重的词为题写点什么，今晚无意中喝了点酒，不知是饮酒过多还是心血来潮，竟有些飘飘然……

最近好多朋友、同学还有同行问我为什么不见我发朋友圈了，写得少了，我一时也回答不上来。没想到还有那么多人关注着我，一个无所建树而又没有上进心的男人，能做些什么呢？

每当夜深人静的时候，我总是一个人默默地看着夜空，即使黑暗无光我依然满怀希望。白天我所见到的是整个世界的缩影，高山、大海，高楼、大厦，绿树、红花……然而，夜晚，我只看到了自己的身影和灵魂深处的自己。

我用心去经营自己的人生，曾经努力过也曾经奋斗过、拼搏过，如今最庆幸的是自己还活着。没有什么宏图大志，也没有什么丰功伟绩，只是简单而又复杂的活着。

回想当年，一个人踏遍祖国南北山河，大有"先天下之忧而忧，后天下之乐而乐"之觉悟，更有"为中华之崛起而读书"之宏伟目标，现如今却是"今朝有酒今朝醉"……时也，运也，命也！

最近读史书，看历史，借鉴先人古哲，偶然发现人生的价值就体现在当代。至于以后的影响已成为"历史"，所以"活着"至关重要，而活着的意义在于我们有所追求，有所贡献；在于我们的灵魂有深度，在于我们的思想有深度。那些物质的攀比和权位的高低，其实是很庸俗的。人外有人，天外有天；只有灵魂和思想无法用肉眼感悟……

天地为镜，知行合一。当有一天我们的灵魂战胜了躯体，当有一天我们的思想超越了世俗，只要我们还健康的活着那么我们就可以骄傲而无悔地向这个世界甚至是宇宙说一声："我曾经来过！"

是啊！我曾经来过，我曾经并依然为自己活着……

2021 年 8 月 25 日夜

理想和现实

清晨，我迎着旭日走去
那是太阳升起的地方
那儿有我们的梦和理想

中午，我低头在太阳下劳作
这是我们的命
这儿是我们生活和工作的地方

傍晚，我望着夕阳去的方向
那是我们大家的归宿
那儿再也看不到儿时的梦想

就这样，我们一直走着
从清晨到中午
从中午到黄昏

这曾经是我们的理想
这的确是我们的现实
这无疑就是我们的人生

2021 年 8 月 28 日

岁月的痕迹

又到了一天中的最后时刻，再过半小时就要到零点了。记不清有多少个这样的夜晚，我一个人静静地坐在书桌前思考着什么……

这几个月感觉时间过得特别快，一不留神九月份又要到半了。是生活和工作的节奏太快还是我们注意力高度集中？我一时真给不了自己答案，只是觉得可惜和害怕，还没来得及开始似乎一切就要结束了一样。有很长一段时间我夜里睡得很晚，基本是在凌晨一两点左右，虽然有些累但内心非常充实。这些日子以来，我放松了对自己的要求，让内心服从了自己懒惰而又随意的想法，以至写的东西少了而下的棋多了。

天天在外面天南地北地跑，和各种各样的人打交道，有时感觉自己活得很明白；有时又感到彷徨和迷茫，有些不知所措。

当然，我非常清楚生命的珍贵和岁月的无情，更是在时间允许的情况下多读些文章，来提升自己的文化知识和自己的修养。可是，在这个浮躁而又崇尚物质的时代，想要跳出现实世界实现"采菊东篱下，悠然见南山"的心态和"谈笑有鸿儒，往来无白丁"的境界又何谈容易？所以，还是做一个道德高尚却又不懂世故人情的人比较现实，起码自己问心无愧，无愧于良心。

自古文人尚秋，秋天既有喜悦之情，硕果累累；秋天又有凉悲之意，一叶落而知秋，写不尽心中的哀愁和思念之情。杜甫《登高》中："万里悲秋常作客，百年多病独登台。"而刘禹锡《秋词》却说："自古逢秋悲寂寥，我言秋日胜春朝。"时也，运也，命也……

如今中秋将至，年年中秋月相似，岁岁中秋心不同。我唯有用心体会这秋的味道，用笔描绘这秋的美丽，才能在逝去的日子中记录这岁月的痕迹……

晚安！朋友。

2021 年 9 月 13 日

人在旅途

今天就是中秋节了，在这个万家团圆，亲朋满堂的特殊日子里，长年漂泊在外的人思乡之情更加强烈。"树高千尺，叶落归根。"一到中秋，思乡的心便再也不能平静，面对着异土他乡泪眼朦胧。

是啊！当我们从校园的大门踏入了社会，走进了这所没有围墙的大学，一切青春年少注定悄然离去。那一刻，意味着我们肩上多了一份责任，或许是对父母也许是对家庭而或是对这个社会也有可能是对自己。总之，青春的记忆已慢慢移步进入了工作、生活、学习中，伴随着坚苦的工作、陌生的环境和柴米油盐的琐碎，正式开启了人生的旅途。

依然清晰的记得《人在旅途》："从来不怨命运之错，不怕旅途多坎坷。向着那梦中的地方去，错了我也不悔过……"那时的我们还小，不懂得歌曲中的旋律便是人生中的音符，只是在朦朦胧胧的月光中似懂非懂的歌唱；如今我们长大了……对于人生对于生活对于生命中的每一刻，有了更深刻的体会。今日月至中秋，又想起了那些年一个人在外漂泊的日子，也借此佳节之际致敬那些还在外打拼的，有着梦想的人们。祝福大家"人在旅途，快乐安康"。这不仅是对人生的感悟，更是对家人和自己的安慰。朋友，陌生的旅途中，今夜我用歌声与你相伴；青春的轨迹中，今夜我用文笔为你记载。一个人在外打拼不容易，记得照顾好自己……

"海上升明月，天涯共此时。"让我们期待着中秋月圆之夜，愿你我在人生的旅途中：心与心相会，情与情团圆。

2021 年 9 月 21 日

致那些逝去的青春

在这个九月我终于迎来了生命中的又一个秋天。数不清的秋来秋往，记不住的花开花落。

当夜幕降临时，天空中的星星多了起来，整个夜空亮了起来。今天是八月十六，是个特殊的日子。轻轻推开房门来到天井当院，举头望向东南方向月亮依然高高挂在那，依然圆圆而又发亮……

当青春的脚步渐渐慢了下来时，我们就多了许多回忆。从光着屁股的小孩到红领巾佩戴在胸前的少年再到羞涩而又倔强的学生，有故事、有天真烂漫的笑声，也有运动场上奋力拼搏的喜悦泪水……更多则是：少年不识愁滋味，为赋新词强说愁；而今识得愁滋味，欲说还休却道天凉好个秋。

谁不留恋青青校园夜晚的灯光，谁不怀念上学时的书声朗朗……如今青春一去而不复返，留下了生命中最美好而且珍贵的记忆。曾几时一个人漫步于绿树丛林，在唐诗宋词中领略古人的豪迈情怀；曾几时一个人登高山而作诗，在先天之忧而忧的情怀中望眼天下；又几时一个人在海边任凭泪水流淌。天涯海角有过我追求梦想的身影，长城脚下有我驱车拼搏的痕迹，兵马俑有过我一面之缘的留念，黄河入海口有过我追寻生命之源的记忆。

如今，如今……这一切变成了回忆。这逝去的青春啊！你为何如此匆匆而过？这宝贵的生命啊！你为何如此脆弱？为什么不经意间黑发变成了白发？为什么转眼间我已经挤在不惑之年的途中？

是夜的寂静让白天更美丽，还是白天的美丽衬托出了夜的静？我陷入了深深的思考……

生命赋予每个人美丽而又珍贵的青春，在我们还不太懂事的时候青春却偷偷溜走了。生活赐予每个人公平而又无奈的明天，在我们还在抱怨的时候昨天已成了永远……

朋友请珍惜今天活在当下，只要是我们的脚步所到过的地方，一定会留下青春的身影和我们年轻时的足迹。

晚安！我是你们的朋友。

2021 年 9 月 22 日夜

秋一篇

　　沿着乡间的小路，我追寻着夏天的脚步。看，夏天并未走远，整个眼前的世界还是一片墨绿；听，夏天并未远去，依然有雨声在敲打着树叶。这是一条田间的小路，也曾有过我小时候的足迹……

　　我还是穿着夏天时的衣裤，漫无目的地游荡在这绿荫深处。小路两旁的杨柳像是儿时的伙伴，小杨坚韧挺拔是男孩子的影子吧；小柳婀娜多姿是女孩子的化身吧！我仿佛又看到了那群光着屁股的孩子，在水里泥里玩耍……

　　走着，走着，一阵风吹过，不经意间一片树叶从飘落在我的脸上，那是一片发黄的叶子，虽然叶面发黄但依然留着青枝叶茂时的霸气。这是一片经历了无数次风雨吹打的树叶，虽然今天它在饱经沧桑以后离开了兄弟姐妹，但在我心中它依然美丽。树高千尺，叶落归根，它也没有远去；它又化作秋土去滋养着下一个夏天的树叶了。

　　我再次看了一眼那片落在我脸上的树叶，眼里却闪烁着泪花。

　　就这样我一直向前走着，走着。我看到了小时候常常游泳的那条小河，小河里的水是那么的熟悉，此刻却又是这样的陌生。一阵风吹过，我感觉到了丝丝凉意。天空飘起了细雨，雨将把我带向何方？我捧起了清澈的河水，一下泼在了自己脸上……

2021 年 9 月 23 日

无　题

　　夜深了，一个人坐在书桌旁傻傻的像在思考着什么。夜非常的静，仿佛能听到心跳的声音。有些日子没写点东西了，竟无言以对，大脑一片空白。

　　这些日子一阵瞎忙，不知不觉中秋过后又是一个月了，收获少的可怜，更不用再奢望其他恩赐了。在忙碌的日子中尚可充实一点，可一旦闲下来便人不人鬼不鬼的了，终究还是没有了规律，颠倒了黑白。

　　前几天买了本《青年文摘》，付款时女儿刚好在身旁，打趣的说："人家是青年人杂志，你该读中年人读物了。"一瞬间我无语了……

　　时间过得真的好快啊！2021年稍纵即失，生命的年轮又多了一些痕迹，岁月的无情，生活的沧桑怎能不催人老去啊？在有限的生命中，我们真的要抓紧时间去做自己想做的事，去认真践行自己的人生路，朝着自己心中的目标和追求的方向奋勇前进。

　　趁着我们还年轻，一定要爬爬山，看看大海；趁着梦想还在，一定要充充电，多读读书。给生活增添一点色彩，给生命留一点阳光，让人生在平凡中不失伟大。

　　有人说：没有理想何必远方？我不敢苟同，没有了理想的生活还能叫生活吗？只要有梦，一切皆有可能，只要我们把生活比作是一幅画，看似静止不动；其实，每一分每一秒我们都能读出诗意。旭日东升，细雨濛濛，白雪皑皑，月光皎洁，哪一幕不是如诗如画；青枝绿叶，高楼大厦，云雾缭绕，江河奔腾，何处不是美景？只要心中有梦，处处都有好景；只要脚步不停，处处都是无悔人生。

　　时间关系，暂且搁笔。文无标题，随心而就，望批评指正。

2021 年 10 月 21 日夜

秋天的那片落叶

在叶黄叶落间送走了秋天，迎来了冬天。

依稀记得秋天时的那片落叶，那是千万落叶中的一片，它呈现金黄色却又带点儿淡绿色。不知是对树枝恋恋不舍还是对晚秋还有点割舍不断，它在秋风中并没有脆弱到不堪一击而是与风共舞、与树枝并存。我在那棵树下站立了很久，迎着秋风我看着树叶，树叶看着我……

不知过了多长时间，风渐渐小了，树枝不再像之前晃动的那么厉害了。而一件令我意想不到却又百思而不得其解的事发生了，那片曾经在风中毫不低头的树叶竟然在风渐渐淡去以后从树枝上飘落了下来……

我望着它蝴蝶飞行般的身影，心中似乎有一种莫名的伤感。我一直在看着它有节奏的从树上飘落了下来，也没有脚步匆匆地去接住它，而是看着它在空中飞舞，在它生命的终端播放着它一生的故事。

我呆呆的站在树下，静静地听叶落的声音，但那声音太小了，以至于我的耳朵里除了风声还是风声……

我慢慢地走到那片落叶跟前，仿佛是遇到了多年未见的朋友，有一种亲切而又陌生的感觉。我在它旁边又停留了片刻，然后抬起头扬起脸头也不回地朝前方走去……

2021 年 11 月 13 日夜，于高青

深夜随笔

夜渐渐深了，看了会儿许银川大师的直播，眼睛有些干涩和疲惫，也有点困意，却又不舍得休息。究其原因是这寂静的夜，太让人迷恋了。

11 月份又开始倒计时了，在时间飞逝的这一年中，又经历了太多太多的事。人总要长大的，长大以后总要学会成熟，不经历一些挫折和坎坷，也许不会真正成熟，更不会悟透人生的真谛。有些时候，我们经历了什么，往往在许多年以后社会就会给予我们什么。从发展的角度，站在哲学的范畴来说，事物应该一分为二，只有相对的合理，没有绝对的公平。所谓公平，在我看来就是人尽其职，职映其能；"平均主义"和"大锅饭"都是不公平的。然而，往往事与愿违，理想和现实成了对立，所以，凡事不要太认真的好。如果刻意追求，有可能最后伤害的是自己。有时候睁一只眼闭一只眼，不是我们不思进取而是一种无能为力的反映。我们改变不了世界，改变不了任何人，唯有去改变自己。

遇烂事不纠缠，遇小人不置气；路有障碍躲着走，工作生活琐事权当没有发生，心平气和，宽恕了别人更是放过了自己。在人生困难和低谷时，不要失去信心更不要丧失斗志；在春风得意时，莫要自满和放纵。要懂得"天生我材必有用，千金散尽还复来"；更要明白"宝剑锋从磨砺出，梅花香自苦寒来"。平时多学习，厚积薄发，"不鸣则已，一鸣惊人"！

当然我们所有的努力不是为了让别人羡慕我们有多厉害，而是为了对得起自己的良心和追求；也不枉我们来到这个世界一回，这是对生命的最高尊敬，也是对父母的最高回报。"举手不打无娘孩，开口不骂异乡人。"这是一个人的基本道德，也是因果关系的前因；"莫欺少年正年少，他日你我也会老"，做一个善良的人，一个有正能量的人。不期待你能为社会做出多大贡献，只希望你不要给他人和社会带来伤害足已！

在这个物欲横流的时代，能静下心来做人做事的人少了。虽然他们身处在社会的各个阶层，却在平凡的岗位上发光发热……在一部分人，包括一部分所谓"成功人士"眼中，还存在着"以成败论英雄"的狭隘的人生观和世界观中。唯金钱和权力才能显示其富有和高贵，其实这是一种病态，是一种低级而又真正无能的处世观。我们来到这个世界，每一个人都有自己的使命和行程，金钱和权力生不带来死不带走，真正有价值的是我们的思想能走多远，我们在活着时能影响到多少人，而死了以后，又会有什么东西能够留下。金山银山也会有消耗殆尽的时候，所以与其给子女留下丰厚的物质基础，不如教给他们做人的道理和在社会上交流处事的方法。"穷人的孩子早当家"，虽然有它的特殊的时代背景，但是仍有更深层的东西在里面，值得我们深思。

当今社会最热门而又令所有人头疼的是教育问题。大多数人都不惜一切代价去让孩子上最好的学校，接受最好的教育。"不让孩子输在起跑线上"成了这个社会最大的谎言，什么叫不输在起跑线上，一出生就注定了一生。生叫命，活叫运；试问谁能选择自己的出身、父母和家庭？这些都是客观存在的东西，这是哲学而非迷信。那么，我们后天的选择就是运，运是可以选择的也是可以改变的，当然也是无法固定的，所以，我们可以尽最大努力去给孩子创造好的条件和环境，去呵护他们成长；但不要把所有的我们未实现的愿望和理想寄托在他们身上，更不要唯分数论成败。说得通俗一点，学习成绩的高低在很大程度上决定着孩子以后人生的工作环境好坏和收入高低；但绝对左右不了孩子的幸福感指数和婚姻。直白一点说，即使清华、北大甚至纽约等等高校的高材生除了生活环境和薪资待遇比普通大学高外，在家庭生活和婚姻生活中幸福感指数与分数高低无直接关系，而我们做父母的最终目的不就是为了子女将来能有一个幸福的家庭和生活吗？而分数的高低不能简单地等同于人生的成败，我们没有必要刻意与别人比较，只要自己有进步，脚踏实地而又日积月累终会有实现梦想的一天。

谨以此文献给所有的父母，可怜天下父母心，愿我们的子女健康、快乐的成长，脚踏实地的学习进步！自古英雄不问出处，莫以成绩论人生高低！一家之言，仅供参考，不当之处，请批评指正。

2021 年 11 月 18 日凌晨

致那些年的冬天

夜，渐渐深了

这初冬的夜似乎有些漫长

窗外的灯逐渐熄灭了

留下那一轮明月仍然高挂在空中

像是在为谁守候

又仿佛是在为那些晚归的人们指引方向

我坐在书桌旁

一个人静静地听冬夜的声音

这声音是那么的熟悉

以致我忘记了自己的存在

那声音又是这样的陌生

以致我怎么也找不到过往

那些逝去的青春啊

那些披着洁白的外衣的一个个冬季

是时间的变化，让你我不敢相认

还是四季的轮回又让你头生白发

为何曾经熟悉而又陌生

曾经几时，我在寒冷的冬夜大声呼喊

又有几时，我徘徊在通往春天的路上

冬天的白雪是我内心的表白

冬天的细雨是我深情的眼泪

暖阳下的冬天载着我的向往

就这样，一年过了又是一年

直到我照着镜子看见了些许白发

却又不知天亮后去往何方

就这样默默地坐着……

2021 年 12 月 22 日夜，于高青

深夜随笔

日出日落，斗转星移，又是一个夜晚降临。我不知道自己是否是为这漆黑的夜而生，还是颠倒了黑白；总之，每当子时到来，我充满了希望和期待，幻想着一夜之间要么出名，要么暴富。否则，为什么天天晚上像个"夜猫子"一样，让人不得安宁。

老实说，我有一种感觉就是，我感觉自己赚大了。大多数人白天工作，我一样拼搏在路上；可是晚上就不同了，我多出来大约三四个小时去学习而或下几盘棋，感觉一天的时间创造了两天的效益，所以说赚了。

其实，我何尝不知道熬夜的危害，我又何尝不心疼自己的身体。当手点燃香烟的一瞬间，我依稀记得"吸烟有害健康"的名言，却还是不自觉地放入嘴里；当手打开酒瓶的一刹那间，我脑海中也曾浮现"饮酒伤肝又伤胃"的忠告，却依然把酒倒满不醉不休。哥们我抽的不是烟，是心中的烦闷；兄弟我喝的不是酒，是心中的忧愁。

我也羡慕坐办公室的，冬暖夏凉，什么五险几金，西服领带，体面、潇洒而又吃喝不愁。哪像我，冬凉夏暖，泪水渗透着汗水，起早贪黑，深夜还不舍得睡。可又有什么办法？听天由命，一切注定。

我不是一个喜欢后悔的人，更不会事后诸葛亮。我深深地知道，这一切来源于我前半生的修行，学艺不够，知识贫乏而又草率轻浮，但走过的路，我不后悔，一岁年龄一岁心，我们没有必要站在四十几岁的人生舞台去追悔二十几岁的选择。如果人生重演，我们依旧会选择如初，正好比下棋，其实条条大路通皇宫，大可不必时时刻刻如临大敌，步步为营变为绝杀，所以，知足就好，活在当下即为幸福。

当夜深人静时，我喜欢看星空，一个人望着天空，浮想联翩，深沉而又放松。与大地相比，地球便是载体；而与地球相比，宇宙便是无限的空间延伸和时间永久。而人类不过是宇宙万物中的一个物种而已，虽然人可以在一定的时期征服甚至改变自然，却无法永生。那么，我们所拥有的和正在追求的所谓的物质的、精神的财富和自由，就成了某一个时间段的一个过程而已。除了身上穿的、一日三餐享用的，所有物质的东西，都是身外之物。能陪我们走过一生的物质的东西大抵就是心爱之物，但止于生命的终止。唯有精神的东西，知识而或是思想可以伴随我们终生而或是几生几世。

　　基于这样的观点，我是半疯不傻、稀里糊涂地过着生活，追求着一点点所谓的心安理得的"成功"。我从来没有瞧不起任何人，当然也包括我自己。相反，我更没有在任何人面前表现的一无是处，因为我觉得自己挺优秀的。最起码，还是个人，上感恩于父母，下尽力抚养子女；左右交友，尽力奉献社会。没有商界大佬的实力，却亦有爱怜之心，虽然水滴之筹，却尽显广爱之心；我文不及鲁迅，却一样准备弃商学文。如此说来，我虽谈不上是时代之英雄，青年之楷模，却也不是孬种一个。

　　今夜未曾饮酒，却已是酩酊大醉。半疯之言，还望各位莫要见笑。

　　　　　　　　　　　　　　　　　　2021 年 11 月 24 日夜于高青

对生命的思索

这几天一不留神又迷上了长篇评书，其实也没什么见怪。自幼便喜欢听刘兰芳先生的评书，初始也是终老的记忆便是《岳飞传》了，那时的人们是在村里的大喇叭里面听小说，一到播放时间放下地里的活撒脚如飞直奔村中。男人们放下锄头、女人们放下手中的活儿，大家不约而同地集中到广播底下，享受这精美的"大餐"。

我大概是在一年级时喜欢上了听评书，从《岳飞传》到《杨家将》、从《水浒传》到《三国演义》、从《刑警八零三》到《爱情三部曲》，再后来开始听《春秋战国》《荆轲刺秦王》《朱元璋》等等。我在高二时就已经列举五十余部包括纪实文学在内的小说，当然是听而不是阅读的。直到今天一听到评书有一种母爱般的亲切感，仿佛又回到了八九岁的样子……

单单听几十部小说，不足以去高谈人生，让我真正对生命有所领悟的是小说中的人和事。其实，读书可以穿越时空，与古人、先哲对话，是千真万确。我们虽然未见也绝不会见到其人其事，却已经在脑海中勾画出那时的情景了。说书的人已经把故事中的人说得活灵活现、栩栩如生了，未进战场便已听到喊杀声震耳欲聋……

人们常说读史可以明鉴，那么让我说，听小说和评书也可以让我们身临其境，给人生以折射、给生活以启迪，提升我们的生命的高度。评书中轴核心的宗旨："善有善报，恶有恶报；不是不报，时候未到……"这旨在教人们向善，做个好人。评书的细节也是精彩之处——"无巧不成书"意在让人们对生活充满向往，珍惜生命，"只有想不到，没有做不到"；而评书深层的东西，便是做人的格局与处世的哲学。

站在现在去看古代，让我们很多地方自愧不如；站在今天的道德和素质角度去看古代，有些事物我们也是羞愧难当。虽然社会在进步、生活质量在提高、生命时间在延长，但在对"天下"的"根本"看法上，我们未必赶得上古人。

现在全社会都在流行健身，但是为了健身而健身又有多大意义。在我们正常的生命生理周期内，大部分人完成传统的生命延续和任务时间是绰绰有余的，根本用不着刻意去锻炼身体。在这里我强调一下，我并不是否认锻炼身体的好处和重要性，而是认为与生命的长度相比，生命的质量即生命的高度更重要。现在不是有很多老年人坐公交车为老不尊甚至倚老卖老吗？那么他活二百岁又有什么用呢？除了增加社会负能量消耗公共资源外别无是处。相反，雷锋出差一千里，好事做了一火车，生命的长度虽然短暂但生命的高度永存。当今社会许多消防员二十岁左右就献出了宝贵的生命，但是这是能用年龄大小相比较重要不重要的事吗？那些牵着狗遛狗逼死人的为老不仁的所谓"老年人"其实是"坏人变老了"……你让他去健身房，去跑步，去锻炼，我看还是不去的好！

当然，我只是说说而已。我左右不了社会，也左右不了任何人，只是在酒后，在大部分人都熟睡的夜里，说着大多数人都明白也知道却不愿说出口的事实而已！

2021 年 12 月 1 日凌晨

岁末年初

打开日记本的一刹那间，眼睛不知不觉中湿润了。不知是时间的飞逝带给我无限的感慨还是岁月的无情头上白发丛生，此时此刻的我竟然有一种莫名的伤感涌上心头……

旧历年的痕迹虽深，却阻挡不了元旦前后带来的工作和生活压力。2021年12月份又启程了，而且不知不觉中又过去了四天时间，仿佛一列正驶离站台的列车，越走越快越来越远。

我倒了一杯白开水，一只手把它举起来放在眼前，对比一下今年的收获，有好一阵子我无言以对，似乎有话要说却终究又将它放回原地。是啊，又是一年即将过去，在我们的生命中这一年承载了多少使命？在我们的一生中又会留下怎样的记忆？也许，结果已经真的不重要了，而唯有过程或许我们终生难忘。

不论我们取得了怎样的成绩，收获了多少物质的或精神的东西，我们要始终如一，用高尚的精神去追求物质的享受。所谓"君子爱财，取之有道"，而不要本末倒置，终得不偿失。

在岁末年初我不再去详细计算今年又赚了多少银子，而是在心中给自己勾画出余生的蓝图。到什么时候能着手并努力实现那个年少青春时的梦。莫笑少年年少时，谁不少年梦江湖？如今人生到中年，如梦方醒心不甘，再放手一搏终无遗憾。不管他吃穿简便还是囊中羞涩，只为心中那个遥远而又神圣的梦。

在年末岁初，我又重新认识了自己。从此，不再高估自己在别人心目中的位置；但是，我更加坚信了自己追求理想信念的能力和毅力。在人生的低谷中我又得到了重生，还有什么困难可畏惧？我不再去频繁地换鞋而是倒掉了鞋里的那一粒沙子……

生命是在一定的长度之内用脚丈量距离，而在这个既定的距离之内用心测量高度。有时候我们不要过于注重脚步的远近而忽视了内在的心声。

2021年12月5日凌晨

伤口多了就是锯

想写点儿什么，又苦于没有合适的话题，不写吧，又有些不甘心。究其根源是生怕浪费了这夜晚的大好时光，加之近来生意惨淡，索性就熬熬夜任性几回。

人到了四十几岁，变化实在太大了。人生观、价值观也会随着生活的变化，年龄的增长而悄无生息地发生变化。如果阅历深、经历丰富，也许会淡泊名利，享受生活；如果追逐名利，也许会再次开启人生的仕途而或运转。总之，四十几岁的人尤其是男人，在压力山大的情况下，如果还能整日谈笑风声，遇大事而临危不惧，淡泊名志则达人生境界之高处。

鲁迅先生曾经说过，"地上本没有路，走得人多了便成了路"，我起初只是肤浅地理解这句话，直到后来我走过了许多路尤其是弯路以后才更加深刻地体会到它的含义。人活着，有很长的路要走，有许多的坎要过。真正的快乐就是小时候，无忧无虑的样子，虽然时代不同但孩提时代的心情如出一辙，让人一生难以忘怀……

以前我非常羡慕成功人士，更是仰慕那些在各行各业小有成就的"三教九流"之士，但是近一两年我突然不再有此想法，变化之快让我始料未及。原因我不得而知，但有一点至关重要，那就是在我人生最困难也是最穷困潦倒的时候，那些所谓成功人士的至理名言没有起到起死回生的作用。在叫天天不应、叫地地不灵的日子里，我都不知道是靠着一种什么样的信念而活着，而坚持着一步一步走下去的。羡慕别人有什么用，仰慕他人又能带给我们什么？当我们万念俱灰，身无分文的时候，真正能够让我们站起来的是我们自己。也许我们拼搏了十年，也许努力了二十年，仍然一无所获，但亲爱的朋友请记住：不要轻易放弃，坚持再坚一会。只要我们心存善念，在马克思辩证唯物主义理论指导下建立正确的人生观、价值观，在经历过一番困难和挫折之后，你会惊奇地发现成功就在眼前。

　　人生在世难免有许多弯路，有时候困难像把尖刀把我们刺的伤痕累累，但是当我们身上的伤口多了，便无形中强大了起来。我们所走过的每一步在一生中都算数，我们所经历的每一件事在一生中都抹灭不去。"伤口多了就是锯"，是我们在不幸中的幸运。虽然我们的肉体受到了折磨，但是我们的精神却得到了升华!

2021 年 12 月 9 日夜

记忆中的鸡叫和犬吠声

又是一个深夜，一个人看了会书，仿佛又发现了新大陆找到了又一个世外桃源似的。明明知道熬夜不好，但又不忍去睡，因为这寂静的夜简直太美了……当然，这种美是一种内在的、主观的美。

今天晚上读书，无意中看到了鸡叫这个词，于是便勾起了我小时候的些许记忆。在那个冬天还穿着露屁股的棉裤的年代，住宿取暖条件是显而易见的差了，但是，那时那么艰苦的日子如今却有着无限的留恋和感慨；甚至有些怀念，以致余生再也找不到那么清澈的单纯了。每每此时，我就会呆呆地发愣，为了那份曾经的童真再不能到达而伤感。

那时家家户户是买不起手表的，条件好一点的家里有只挂钟，也称钟摆。而我记忆中夜幕降临后的最深刻的印象便是鸡叫犬吠了，现在回想起来是那么的温馨和熟悉。夜深的时候，依稀鸡叫声如在眼前，清脆悦耳而又婉转悠扬。由于担心被"毛猴子"背去，就假装睡着；然后，不作声响地偷偷"欣赏"外面的鸡叫声。由近而远，又由远而近，不知不觉中进入梦乡。另一个有趣的事，是听狗咬声，也可以说是狗叫或者狗吠。一般晚上狗叫声较多，但是深夜也有。令人头疼又有趣的是，村头的狗一叫，全村所有的狗便一齐"汪汪"。那时对于狗叫没有什么很深的理解，直到今天看到了鲁迅先生的那句话："村头的狗叫了，其他的也跟着叫，但它们不知道为什么叫。"才明白原来人也有和狗相似的地方，甚至有些时候还不如它们。

寂静的夜里，忽然一声犬吠打破了夜空，整个村子便有了动静，这与夜半鸡鸣有着本质不同。鸡鸣像是幼儿睡前故事和催眠曲，而狗叫则像极了狼来了和"二蛋叔叔"……

如今搬进城里住了，院子里也没有了树，树上更是没有了鸡。以前家家户户都喂狗，那时候的狗也咬人，但是现在除了狗人也会"咬人"，而且比狗还要凶。

过去的日子虽然苦，但是左邻右舍、邻家背舍有什么好吃的都相互交换，有什么好玩的都共同分享。而如今，条件好了，高楼大厦、香车软床却变得生分甚至有些提防和猜疑了。这是进步呢？还是进步呢？还是进步呢！这还真不好说。唉！管他呢……

夜更深了，我有许多话想说，有许多字要写；只是，我一个农村的孩子，在没有任何"背景"的现实社会中，一个人跌打滚爬了这么多年，已经够"累了"，自保尚且费劲哪有功夫"扯蛋"……

有时候，在大多数人都熟睡的夜里，我也常常在想一件事：人们往往不信命，试图逃脱命运的安排，但最后一生还是奔波在早已安排好的路上……

夜又深了，到了记忆中鸡叫的时间了，我却听不到半声鸡鸣；不对，你们听，是鸡叫声，还不是一只鸡的叫声而是好多只。

以此文，献给曾经经历过的我们。

2021 年 12 月 16 日夜 17 日凌晨

那些雪花飞舞的日子

又是一个冬天，一场零星小雪降落凡间，虽然是局部而且是小雪，但是刚好飘落到我所在城市的脚下。

雪雨天气，给人们的出行带来了不便，让本来限速40公里的大街小巷瞬间仿佛停止了移动。开车的小心翼翼，骑车的如履薄冰，步行的反倒是扬眉吐气，一边走一边欣赏着雪花飘飘洒洒的别样美景。

生活在山东，虽不及北方但仍是年年见到下雪天，或大或小、或早或晚，终究还是像亲人一样出现在我们的生命中。孩童时代的印象中，雪是非常大的，常常是淹没了膝盖，压弯了树枝，一片雪白的世界。曾有些许年，我一直望着那洁白的世界发呆，一时看着像白糖，一时看着像细盐，常常是捧在手里时欣喜若狂，含到嘴里时却是全身冰凉……后来，上了初中开始了写作文，不再似小学时的大白话多少加点佐料，也开始用比喻而或修辞了，对雪花也就有了更多的描绘，但我还是喜欢雪的洁白无瑕，喜欢在漫天飞舞的雪花中去唱楚留香的《雪中情》，虽然年少不解其义却俨然一幅走过千山万水的样子……再后来上了高中，重读毛泽东的《沁园春·雪》，才把它上升到了更高的高度，更深的广度，一幅宏伟壮观的蓝图在北国飘雪中开启了中国近代史上惊天动地的序幕，看似北国冬天的雪花，却在那个冬天飘落万里，看似无声却像一个闷雷炸响了全世界……高中毕业后的日子里，也不知是怎样又读了二年的书，除了《大学语文》外，《高数一》几乎不怎么太懂，那时眼里除了满世界乱窜，竟然一时忘却了对雪花的观察和留恋。直到毕业后去了青岛，那一年的春节刚好下大雪，武汉的几个朋友说从没见过雪花，我在半信半疑中还是陪他们去了五四广场（那时也称音乐广场），开开心心地玩了一整天，以致多年以后每每想到此景还是记忆犹新。再以后，去了山东魏桥创业集团，在忙碌的工作和艰苦的生活中便无暇顾及那漫天的雪花了，更不用再提雪月风花了。成家以后，老实说仍是坚持写东西，虽不比日记但好歹一直努力写着，相比下雪我更喜欢下雨，但是人生岂能是在我们的一厢情愿中度过？所以，除了爱好我们还要学会适应，就比如现在的雪一样，不论大下，不管远近，我已经习惯了这样的生活……我们没有举足轻重的地位，便要弯下腰沉下心去踏踏实实做好每一件事；我们没有一展才华的机会，便要静下心来去拷问一下我们的灵魂，不要失去最初的那份纯真，就像今天的雪花，虽然左右不了严寒和污染却仍然洁白如玉，似荷花出於泥而不染，在缤纷中不失纯贞……

那些记忆中雪花飞舞的日子，是生命的恩赐，是与心灵的对比，是我们在冰天雪地行走时虽然踏雪有痕却无愧于社会，虽然屡屡跌倒却无愧于人生，虽然有时暂时忘却了满天飞舞的雪花却无愧于我们的良心……

2022 年 1 月 12 日夜于高青